冀東藝文叢編

拙軒集

[金]王寂 著
高光新 點校

燕山大學出版社
2019・秦皇島

圖書在版編目(CIP)數據

拙軒集/(金)王寂著;高光新點校. —秦皇島:
燕山大學出版社,2019.12
(冀東藝文叢編)
ISBN 978-7-81142-833-9

Ⅰ. ①拙… Ⅱ. ①王…②高… Ⅲ. ①中國文學—古
典文学—作品綜合集—金代Ⅳ. ①I214.642

中國版本圖書館 CIP 數據核字(2019)第 200891 號

拙軒集

[金]王寂 著　高光新 點校

出版人:陳　玉
責任編輯:柯亞莉
封面設計:吴　波
出版發行:燕山大學出版社 YANSHAN UNIVERSITY PRESS
地　　址:河北省秦皇島市河北大街西段 438 號
郵政編碼:066004
電　　話:0335-8387555
印　　刷:北京虎彩文化傳播有限公司
經　　銷:全國新華書店

開　　本:700mm×1000mm　1/16　**印　　張**:8　**字　　數**:100 千字
版　　次:2019 年 12 月第 1 版　**印　　次**:2019 年 12 月第 1 次印刷
書　　號:ISBN 978-7-81142-833-9
定　　價:32.00 元

前　　言

王寂(1128—1194)，字元老，號拙軒，薊州玉田人，金代文學家。天德三年(1151)進士，正隆五年(1160)任山西太原祁縣縣令，大定十五年(1175)奉使往白霫治獄，大定十八年(1178)春任真定少尹兼河北山西路兵馬副都總管，大定十九年(1179)任通州刺史兼知軍事。大定二十六年(1186)，黄河決口，因救災之事蒙冤，被貶蔡州防御使，二十九年(1189)提點遼東刑獄事，明昌二年(1191)召還，任中都路轉運使。明昌五年(1194)卒，謚文肅。王寂在金代文學史上具有重要地位，《四庫全書總目》評價："寂詩文清刻鑱露，有戛戛獨造之風，在大定、明昌間卓然不愧爲作者。"清英和《金文最序》亦云："王寂爲大定、明昌文苑之冠"。

王寂的著作有《拙軒集》《北遷録》《遼東行部志》《鴨江行部志》等。今《北遷録》亡佚，其餘三種有後人輯本。《遼東行部志》和《鴨江行部志》是王寂按部遼東期間巡查遼東各州縣時據途中見聞撰成的日記體行程録，是研究金代歷史地理和文學藝術的重要史料。《遼東行部志》一卷，於金章宗明昌元年提點遼東刑獄途中所記，起於二月二十二日，迄於四月七日，有張博泉《遼東行部志注釋》(黑龍江人民出版社 1984 年)點校整理本。《鴨江行部志》一卷，於明昌二年巡查遼東各縣所記，起於二月初十，三月十二日之後部分闕失，今人整理本有賈敬彦《鴨江行部志疏證稿》(《北方文物》1983 年 1～3 期)和羅繼祖、張博泉《鴨江行部志注釋》(黑龍江人民出版社 1984 年)。

《拙軒集》是王寂所著的詩文集,其詩歌題材主要是題畫、紀行和交遊,描寫人生經歷、人際交往以及所思所感,手法上以賦爲詩,善於用典,精於對偶;其文展示個人生活與經歷,散中帶駢,相得益彰;其詞雅俗相融,略帶晚年悲涼之感。元好問《中州集》卷二、宇文懋昭《大金國志》卷二八皆言王寂著有《拙軒集》,但不著録卷數。明正統六年(1441)楊士奇等《文淵閣書目》卷九著録:"王元老《拙軒集》一部三册(闕)。"到萬曆年間孫能傳、王萱等編纂《内閣藏書目》已不見著録,或許已經散佚。清代乾隆時期編纂《四庫全書》,四庫館臣從《永樂大典》中輯出,析爲六卷。

《拙軒集》的輯本除《四庫全書》文淵閣本(簡稱文淵閣本)和文津閣本外,還有武英殿聚珍版、梅雨田《清芬堂叢書》本、吴重熙《石蓮盦彙刻九金人集》本(六卷,補遺一卷,簡稱石蓮盦本)等。文津閣本有盧文弨的校注,但是錯字較多;文淵閣本没有盧文弨的校注。武英殿聚珍版有木活字本和重刻本,木活字本是在武英殿用木活字刊印的,書前後有《御題武英殿聚珍版十韻》,并有小序説明聚珍版的來源,正文有盧文弨的校注,每卷都有校對人名:卷一彭紹觀校、卷二項家達校、卷三卷六繆晉校、卷四劉躍雲校、卷五谷際岐校。各省又照武英殿聚珍版翻刻,有浙江、江西、福建和廣東翻刻本。後來的版本多以武英殿木活字本(簡稱武英殿本)爲底本,例如《清芬堂叢書》本、商務印書館《叢書集成初編》本。石蓮盦本六卷是覆刻武英殿本,補遺一卷是繆荃孫從《遼東行部志》輯録出的,繆荃孫《遼東行部志跋》云:"詩别鈔出,轉付吴仲怡中丞,附刻《拙軒集》後。"然清人輯録《拙軒集》仍有遺漏,今人樂貴明《四庫輯本别集拾遺》(中華書局 1983 年)又據《永樂大典》補録詩三首。

《拙軒集》研究價值極高,目前已有一篇博士學位論文和五篇碩士學位論文對其進行研究,其中張懷宇的博士論文《王寂文學研究》還對文津閣本《拙軒集》進行了整理校注。本書以武英殿聚珍版《拙軒集》爲底本（不録《御題武英殿聚珍版十韻》和序），參校文津閣本和文淵閣本；補遺一卷用石蓮盦本，參校繆荃孫《藕香零拾叢書》本《遼東行部志》。整理工作中不當之處，敬祈讀者批評指正。

高光新

二〇一九年五月於唐山師範學院

目　　録

卷　一

賦

巖蔓聚奇賦

伊合抱之巖藤，迹其生之有漸。挺標末其不凡，商世用而尤贍。裁撾馬之短箠，綰維舟之長纜。斲滇池飛雹之杖，組湘浦含風之簟。獨高節之擁腫，外纍纍然中歉。顧匠石之數過，不側目而一覘。有好事者非常風鑒，破長橋之蛟卵，剖巴山之猿嗛。其混然而天成，微斧鑿之可驗。彼甆石雖潔而近乎俗，金玉雖珍而幾于僭。當罇俎之勝處，惟癭君之獨占。惜流落于市井，爲時人之所厭。幸淇泉之賞音，輟酒直而見念。不然則灰爨下之桐，而失酆城之劍。老人既歸而謀諸婦曰："我以酒隱處身純儉，欣此物以有託，了吾生而無憾。"于是撥春甕之嘈嘈，漉乳泓之湛湛，挹彼注兹，十分瀲灩。追顔子之瓢飲，陋管氏之反坫。咀嚼石蟹之霜螯，狼籍荷盤之菱芡。少焉既夕，風清天淡，舞月影兮徘徊，吸露華兮汎灩。已而先生徑醉也，宫錦淋漓，角巾攲墊。捲河漢于一酌，盡江湖于一醮。洗戰國之蠻觸，弔古今之時暫。陶陶乎釋身世之羈縛，浩浩乎謝功名之機陷。然後神遊八表兮，其將以躡冥鴻之背，而探驪龍之頷也。

五言古詩

題寶泉軒

野人强冠襟,任事多脱略。官府逃喧卑,僧牕憩寂寞。高情渺層雲,逸興發幽壑。山色爲誰來,秋光無處著。頹紅掛浮圖,漲碧分略彴。天共水相合,風催雨欲作。漁歌散汀洲,舂相隔籬落。屬玉破微茫,斜書灑寥廓。幽懽殊未闌,歸興輒作惡。後會定何時,期以辛丁約。

詠張宫師《二疏東歸圖》 案:《畫史會要》金太子少師張汝霖善畫圖,當即所作。

戰國事縱横,廉隅初滅裂。强嬴灰六籍,名教寖衰歇。卯金新典禮,蠹簡訪遺缺。人材就教育,士檢敦修潔。賢哉二大夫,夢覺槐安穴。案:槐安國爲唐時故實,不應引用,謹附訂于此。功名我何有? 劍首吹一吷。約日俱移疾,乞身良勇決。兩宫賚黄金,恩遇顧不褻。送車數百兩,祖帳都門缺。冥鴻謝矰繳,天馬落羈紲。倒囊促供具,賓族相娛悦。父子以壽終,案:本傳"父子"字乃承上文"兄子"而言,此摘用未明,併附訂于此。名聲日星揭。人誰不學步,卒莫踐其説。寥寥閲魏晉,得一陶靖節。平生腰骨硬,肯向督郵折。後世無問津,風流冷于鐵。龍眠以畫隱,游意睎往哲。嗚呼紙上影,生氣猶凜冽。宫師廊廟具,天爲蒼生設。莫襲異姓封,長揖稷與契。云何眷短幅,摸索墨漫滅。況爲山九仞,一簣功可輟。盍睎鳳巢閣,姑置鵑歆血。

方將薦廟堂，微公孰麴蘗。致君堯舜上，鐘鼎載勳烈。歸艇渺煙波，晴樓醉松雪。古今雖異時，出處同一轍。款圖幸不惡，蚤計正恐拙。兩疏儻有靈，抵掌冠纓絶。

題《季札掛劍圖》

季札貴公子，軒軒氣凌雲。平生會心少，四海一徐君。相逢適所願，情話如蘭薰。徐君顧長劍，意欲口不云。季子心許之，誓將歸獻芹。駐節不容久，驪駒促輕分。言還訪舊隱，路人指新墳。干將掛高木，以示初意勤。知己九泉下，冥漠聞不聞。今人交勢利，輕薄徒紛紛。豈惟此道絶，反是爲虚文。伯夷微仲尼，萬古埋清芬。

跋《群麕出谷圖》

我家崆峒南，丁年習騎射。每憶逐群麕，應手相枕藉。一行吏風塵，此事更何暇。朝來閲短幅，歸興輒命駕。丹青知誰歟，相與二易亞。看猿良獨癡，失林還可訝。爾軀幸無罪，爾肉鮮可炙。毛臍竟自賊，何異狨與麝。水草苟自足，慎勿害農稼。恐逢曹景宗，數肋不汝赦。

程尚書油煙墨

書生短燈檠，業苦孔之卓。百巧出寒餓，輕煤收紙幄。魚胞杵萬計，得此崑崙璞。墜溝終不變，良質信堅確。摩挲等肘印，肝腎要彫琢。是中自有樂，未許兒輩覺。堂堂地官伯，胸次吞河嶽。隃糜優月給，拜次豈不數。人生幾量屐，迅景驚飛雹。胡爲事細碎，刻意追古朴。得非遊戲耳，一笑供掌握。區區張與李，小道安足學。何當獻天子，毛楮仝甄擢。增新漢文物，潤色周禮樂。天章貺詞臣，宛彼雲漢倬。但恐醉常侍，狂登御牀角。

和陳無己送東坡韻

坡公守餘杭，餞客傷乍遠。人生貴知己，旅退其可忍。陳三天下士，好德吾未見。垂涎嗜熊掌，擺手謝關鍵。觀過斯知仁，如月蝕輒滿。聞風激庸懦，所恨我生晚。

小兒難夫子辨 并引

予奉朝命之夷門，道過太行，路左有二石像，詢其父老，云："此小兒難夫子迴車之故地。"予惡其虛名而無實，作是詩以辨之。

我行自并門，道出太行嶺。路傍古石人，髣髴類形影。過客互傳疑，是非竟誰請。會逢田舍翁，荷杖雪垂領。爲問定何如，愚蒙庶幾警。云昔東家丘，歷聘入吾境。偶此值小兒，難詰豪且穎。丘也不能對，驅車返天井。邦人思其賢，想像刻頑礦。始予駭其言，嗔赤發面頸。夫子聖者歟，日月揭餘炳。豈聞採樵斧，巧掩運斤郢。翁徒老于年，此事能不省。翁聞遽愀然，色厲聲亦猛。轍迹今尚存，事況傳已永。書生多大言，詭辯勿復騁。信知端木賜，下釋東野獷。正如與蟪蛄，而語春秋景。小姑嫁彭郎，舉世莫能整。嗟哉吾道窮，生死何不幸。生而非其時，伐樹迹屢屏。亦嘗撩虎鬚，白刃脱俄頃。死爲萬世師，廟貌多土梗。自非二仲月，門寮終歲静。山魈與社鬼，香火未嘗冷。此事固不平，此心嘗耿耿。吾生賦拙直，浪許近骨鯁。與物例多忤，所動坐愆眚。憤世無奈何，空令氣生癭。

七言古詩

題張通道所藏李元素《淮山清曉圖》

長淮宛轉淮山麓，浩蕩淮光釀山緑。側峰横嶺巧連延，直自鍾山徹浮玉。曉來煙靄與風塵，面目參差未是真。中宵沆瀣一濯洗，突兀了觀清浄身。陽烏飛出扶桑路，却拂群陰披宿霧。朝暉千丈卧長虹，曙色半巖横匹素。須臾谽壑漸分明，怪底懸崖化赤城。風傳粥板僧定出，露濕野巢鶴夢驚。玄暉舊筆絶俗韻，元素豪奪紫泥印。祇今元素入窮泉，惜哉一代風流盡。

題《雪橋清曉圖》

山翁卧聽溪風急，夜半篩珠落牕隙。千巖浩蕩失故態，萬徑荒寒滅人跡。拏舟欲訪戴安道，截岸層冰正堆積。翩然清興不可遏，側望招提無咫尺。攝衣便挈鑾童去，秃袖抱琴龜手漆。長橋蠟屐拄枯藤，卓破横江玉龍脊。粥魚晨磬聲未了，扣門唤起彌天釋。開軒對榻誰賓主，呵手續絃坐摇膝。從來支許事幽尋，放意茶顛恣詩癖。虎溪相送尚遲留，更待林梢掛蒼璧。

題高敬之所藏《雲溪獨釣圖》

疏簾留客晝偏長，茗椀告罷新鑪香。主人不恤寒具手，爲出牙籤古錦囊。鵝溪半幅開平遠，天際歸舟煙樹晚。釣翁蓑笠釣滄浪，一波不動風絲輭。吾家舊隱柳溪間，誤落紅塵不放閒。披圖便覺清興發，恍若坐我黄蘆灣。黄陵翩翩貴公子，愛畫乞詩差可喜。幸今老父眼尚明，莫惜千金訪繭紙。

題張運使《夢景圖》

點鞭長算收餘暇，忙裹偷閒真倒蔗。北牕鼻息落庭花，一榻清風不論價。平生雅志一丘壑，小夢江山猶命駕。雲低平野暗溪樹，雨淋層峰補天罅。老農市酒喚歸渡，漁伯艬舟楓樹下。開囊檢得春草句，揮灑短軸争膾炙。夜凉吹笛當抗衡，槐火石泉足更霸。披圖撩我倦遊興，念念尊鱸乞長假。與君田里馬牛風，蠟屐藍輿趁蓮社。畫工豈識夢中詩，他日須煩息軒畫。案：息軒即楊秘監邦基，善畫，《金史》有傳。

王子告《竹溪清集圖》

溪山佳處多荒僻，豹霧蛟涎斷人跡。縱能陟險一登賞，重璽百休疲峻陟。豈知城市有林泉，杖屨相從都咫尺。尋常四友會真率，茗具酒尊隨所適。竹風細細几席静，花雨冥冥巾帽濕。逸休方與聖賢對，觀妙超然存目擊。吹臺名士意領略，手弄蒲葵坐摇膝。吾宗盤礴拊長松，似傷材大時難得。漳川野老氣豪邁，陪謁龍顔祇長揖。琴書笑詠有真樂，不減仙翁戲巴橘。九原死者如可作，應恨烏絲欠珠璧。蘭亭滕閣久寥落，歲月轉頭駒過隙。願君此畫更珍藏，此會他時恐難必。

跋韋偃《病馬圖》

開元天寶誰能畫，韓子規摹出曹霸。惜乎畫肉不畫骨，坐使驊騮減聲價。晚生韋偃非畫工，少也得名能古松。試拈秃筆掃東絹，便覺天廄無真龍。胡不寫明皇照夜白，弄驕顧影嘶長陌。又不寫太宗拳毛騧，百戰萬里輕風沙。如何寫此神俊物，剥落玄黄只皮骨。却思落日蹴長楸，風入四蹄追健鶻。嗚呼往事今茫然，矯首有意誰其傳。主恩未報忍伏櫪，志士扼腕悲殘年。安得老髯通馬語，芻秣醫治平聲平所苦。行當起廢一長鳴，要洗凡庸空萬古。

跋張舍人所收楊仲明《天廄鐵驄圖》

大宛山下汗血駒，麟髻鳳臆龍頭顱。黑花細洒雲滿軀，倜儻不與駑駘俱。黄金絡頭老京都，注目落日思長途。圉人仗箠不敢驅，似聽馬語方踟躕。嗚呼龍媒已矣夫，林鳥恨對長風呼。誰能寫照開新圖，楊子妙筆非臨摹。願君著意收畫厨，風雨變化防須臾。迺翁丞轄翼帝車，月旦人物評錙銖。千金但賞駿骨枯，世上良馬無時無。

題高解元所藏武元直山水 案：武元直字善夫，明昌中名士，善畫，見《畫史會要》。

洞清宗元不傳法，此老無乃得之心。妙畫通靈恐仙去，須防風雨夜堂深。斯人地下骨應朽，此畫世間寧復有。莫與紛紛俗眼看，等閑却作丹青手。

覺華島 并引

予自少時，即聞遼東覺華島爲人間佳絶處。[1] 凡道經海上，未嘗不駐鞍極望，久不能去。第簡書有期，不得一到爲恨。大定乙未之秋，仲月十有四日，予自白霫審理冤獄歸，投宿龍宫下院，謀諸老宿，期一往焉。老宿曰："今秋風勁，波浪洶湧，雖柁工篙師往來其間，亦不免縮頸汗背。當俟隆冬冰合，如履平地，然後可著鞭耳。"予竟不聽。明日登舟，行未幾半，風濤掀簸，舟人爲之變色。于是收帆弭檝，維石于北渡。予歎曰："此而不濟，則命也。"迺割牲釃酒，投是詩以禱之，遂復鼓枻以進。已而風停浪静，天水湛然，極目萬里，恍然如坐大圓鏡中。指顧之間，已登彼岸。舟僧詢[2]大德者，謂予曰："正直動山鬼、詩句起蟄龍者，信不誣矣。"予笑曰："如二公者，千古仰之，猶太山北斗，豈庸人末士所可擬哉？是必憐其勤而報以誠也。不然，則劉昆所謂反風滅火、蝗不

① 此句文淵阁本作"予聞覺花島，蓋人間佳絶處也"。覺華島，文淵閣本全詩作"覺花島"。
② 詢，文津閣本作"名"。

入境者，皆偶然耳。”雖然，此一段奇，亦不可不紀也。

宫亭湖神感且通，往來送客能分風。廣德王祠禱輒應，重樓翠阜浮霜空。我行擬上覺華島，香火遍走青蓮宫。中流未濟成齟齬，船頭西向旗脚東。雲奔霧湧白浪捲，一葉掀舞洪濤中。平生行止類如此，憑仗願有信與忠。嘗聞主海尊位置，顧豈變化難爲功。指呼蛟蜃掃陰翳，天水萬里磨青銅。解維轉柁飽帆腹，雙槳不舉追驚鴻。玆遊政要償素願，勿使坐歎詩人窮。投文再拜瀝微悫，爲我寄語白龍翁。

留題覺華島龍宫寺①

傳聞三山駕空虚，珠宫貝闕神仙都。茫茫弱水限舟楫，人跡不到如有無。平生點檢江山好，祗有龍宫覺華島。何年經創作者誰，興聖帝師孤竹老。老人絶俗棲金沙，歲久喜捨來天家。懸崖架壑置佛屋，突兀殿閣凌煙霞。一作“開明霞”。迺知造物開神異，故壓祇園布金地。四顧鯨波翼寶巖，玻璃環擁青螺髻。我生自厭薰羶腥，坐覺兩腋生清泠。夜凉海月耿不寐，幾欲舉手捫天星。明朝收帆落塵土，一夢回頭散風雨。向令坡老此經行，想不願爲天竺主。

拙　　軒

拙軒少也絶交朋，閉門坐斷藜牀繩。據梧手卷挑青燈，目力自足誇秋鷹。一行作吏負且乘，簡書夜下催晨興。心勞政拙無佳稱，高枕緩帶吾何

---

① 此詩文淵閣本題作“留題覺花島龍宫寺詩”，并有小注“寺在遼東”。

曾。年來安東逐斗升，吻膠背汗疲炎蒸。到官簿領交相仍，臨事自笑無一能。督責老掾詢聾丞，曰畏罪罟空凌兢。窮荒[1]九月河水冰，玉樓凍合衣生稜。氈裘火坑寒不勝，呼吸未免髯珠凝。積憂蓄熱邪上騰，阿堵中有輕雲憑。臨牕射日絶可憎，決眥淚霣長沾膺。初謂造物何侵陵，細思無迺示小懲。世醫膚見浪自矜，肝膽豈易分淄澠。屏除嗜欲學山僧，此理蓋出三折肱。斯文未喪信有徵，天其使我雙明增。要作楷字頭如蠅，表乞骸骨歸丘陵。負郭二頃産有恒，堆盤苜蓿衣麤繒。醉眠牀下呼不膺，自許此著高陳登。飯餘睡足揞枯藤，老眼細數雲山層。

客中戲用龍溪借書韻

太行西北雲横目，一日九迴腸斷續。舍官就養誠所願，百口煎熬食不足。逆行倒置坐迂闊，相負此生惟此腹。兹行遠去父母國，戀戀不同桑下宿。山長水遠苦愁人，不覺秋風驚鬢緑。平生拙宦失捷徑，蘭蕙當門爲誰馥。文章既不一錢直，五經安用牕前讀。東塗西抹竟何有，坐歎馬鞍消髀肉。公家無補[2]一毫髮，鼠竊太倉饕寸禄。既無里嫗誰乞火，未有先容莫投玉。天涯懷抱爲誰開，盡寫窮愁入詩軸。

柳城西聞蟬有感

坡老放歸舟擊汴，驚聽騾鐸鳴北岸。文公嶺外得京官，照蝎壁間猶喜

① 荒，文淵閣本作“鄉”。
② 公家無補，文津閣本作“何啻公家”。

見。我今薄宦天一角，適以平反叨使傳。柳城西路忽聞蟬，駐馬久之增感歎。臨岐凄咽固有意，似對鄉人論半面。吾廬環木夏陰合，聒耳長嘶吾每倦。安東地冷無此物，所以相逢眷還眷①。晚風晨露汝易足，何苦叨叨聲不斷。商胡遷客淚橫臆，落日窮途方寸亂。朱門砧杵快新凉，乞汝秋天從叫唤。

轍中斃龜 并引

予以公事按部郊行，過污泥濁水，深不没膝，廣可三丈許。車轍中有烏龜伏焉，首尾餘尺。予初疑曝背，舉而視之，則頭且碎矣。予謂凡物之神，無如龜者，意其舍魚龍而伍蛙黽者，則必厭網罟搜羅之患，以求自安。今復死于奔輪之下，豈靈于人而不靈于己耶？抑吉凶逆定而不可逃耶？政如嵇叔夜鍛隱以避世，反見譖于鍾會，竟不免東市之刑。信乎，死生有命，脩短有期。彼有不顧名節徼幸以求全者，未必然也。予作是詩，蓋有激而云。

玄夫六甲存神氣，耳息緜緜口常閉。會巢蓮葉緑毛叟，遊戲人間閲千歲。吉凶未判倘謀及，告以將來若符契。江湖佳處多網罟，側足恐爲人所制。揞牀鑽灼事交病，寧處不材從此逝。嘉林居士强解事，清江使者何經濟。泥塗雖辱固不惡，所幸此身能自衛。豈期曝背當車轍，碎首奔輪翻致斃。乃知生死有定數，萬物自②然無巨細。夔蚿多寡各安分，椿菌短長均一世。越人善療卒兵死，單豹養生遭虎噬。爾今韜晦竟不免，使我追傷收寒涕。至人知命付一笑，我輩情鍾能不蔽。千古蒙莊倘有靈，須知曳尾非

① 眷還眷，文津閣本作“還眷眷”。

② 自，文淵閣本作“皆”。

常計。

予以朝命催租河朔，道出隆慮，邂逅楊東卿，蓋棲霞隱人也。嘗許予小山，以地遠，卒不能致，約以後期，故作是詩以爲定券

嗟君學得屠龍手，走遍人間病餬口。左攜妻子右琴書，却返棲霞老耕耦。閉門閒草太玄經，冷眼兒曹事奔走。惠然過我便傾蓋，夜對寒燈共樽酒。掀髯揮麈話平生，河漢無聲轉星斗。自言家蓄小玲瓏，坐使鐫鏤恥牛後。書生嗜好固多誕，不許千金酬敝帚。山深但恨卒未致，他日願爲吾子壽。人生尤物安用多，要與仇池爲二友。明年尺牘遣長鬚，莫爲先生化烏有。

上周仲山少尹壽

姬公勳業千古高，雲孫間出皆時髦。篤生夫子賢且豪，風義凜凜魁吾曹。詞源萬斛何滔滔，作賦竟欲續離騷。懸知富貴不可逃，鄉人莫敢輕韓翺。長竿不肯驚儵濠，引手一釣三山鼇。命也數奇時不遭，屈爲州[1]縣真徒勞。不容吏手如桔槔，乾没遽止民無搔。近出幕府持旌旄，季孟伯厚胡爲叨。朱門瑠璃載蒸羔，先生盤飯獨溪芼。衆人醉死貪濁醪，先生漱石羞

① 州，文淵閣本作"郡"。

醽糟。仕者往往争錐刀，既角而齒寧非饕。黄金堆丘爛巾袍，公獨視之如秋毫。迺知賢愚異所操，相去豈特九牛毛。久諳世味嚼空鳌，徑欲脱幘誅蓬蒿。吾君側席登夔皋，如君才氣寧容韜。蒼生渴望方嗷嗷，要使萬類歸甄陶。禮樂具舉弓矢櫜，樂職頌德追王褒。乞身歸老隻魚舠，煙波萬頃翻葡萄。蠹書卧看横長篙，衝煙破月時嬉遨。會逢石髓流青膏，嗅如香粳食如桃。方瞳瞭然牙齒牢，人間歲月從奔濤。久厭濁世薰腥臊，振臂一舉辭盧敖。黄鵠飛去壤蟲號，髣髴碧落聞雲璈。

漕副劉師韓自遼西按田訟迴，僕率僚友迎勞于郊。是夕，僕酒戰敗績，明日師韓傳檄再三，竟不復出，蓋渠豪于飲，而僕素不能也。戲以此詩解嘲

劉侯士論推豪邁，雲夢胸吞無蔕芥。興來和月卷玻瓈，累舉十觴嫌未快。我生不飲亦勉强，涓滴入①唇亦狂怪。螳蜋怒臂要當轍，大白相浮争勝敗。初期堅壁老强敵，督郵自困平原界。鼓噪其如氣已竭，偃旗棄甲投戎械。黎明檄戰示巾幗，曾未致師先瓦解。君于伯倫當季孟，我辱無功謾宗派。服而舍之古善政，驟勝且驕兵所戒。濟水焚舟會有時，勿卑邾小撩蜂蠆。

題劉器之秀埜亭

劉郎事業凌徐嚴，風骨玉立高巉巉。平生雅志在丘壑，嗜好與世殊酸

① 入，文淵閣本作"濡"。

醎。謀身易足田百畝，一作“時人但笑家四壁”。活計祇有書千函。一作“惬眼歲計書千函”。短衣絶勝杜陵老，窮冬性命依長鑱。南城佳處有别業，手種杞菊植松杉。十年小築直倒蔗，佳木異果陰相攙。一作“來禽青李陰相攙”。漉醅自有赤脚婢，安用捧椀柔摻摻。清談到聖會心處，目送飛鴻唯阿咸。凫仙牓名以秀埜，老子于此端不凡。開軒如對龍眠畫，恍然坐我勝金巖。期君少起賦雲夢，聽卜區區陋畢諴。一作“期君獻起長楊賦，後來未必數畢諴”。曲江燈月足行樂，歸路草色迷春衫。却愁三徑花狼籍，燕覓舊主聲呢喃。功成事了當勇退，北山勿遣移長緘。我今出試已大謬，畫餅聊慰癡兒饞。茂林豐草麋鹿性，絡腦不受黄金銜。還家未有置錐地，但免薏苡明珠讒。頭顱過此可知矣，歲月飄忽追風帆。他年定約卜鄰舍，屋茅爲我先誅芟。吾言要踐不可食，江水在此神其監。

送人官滿二首

朔風吹雲鴈程起，木葉蕭蕭落寒雨。先生官滿遊京華，扁舟欲發湘江渚。寫詩餞别各盡觴，遥瞻蓬島三千里。思君到日梅亂開，瑞雪花飛鳳城裏。

草堂新成長獨吟，故人不來黄葉深。茶煙晝消倦掃榻，梅月夜冷慵調琴。我歌驪駒餞君酒，君出陽關傷我心。長江東去浮畫鷁，悵望雲樹懷知音。

用時元瑜韻

廣平平昔心如鐵，句法澄江湛秋月。地爐無火聳山肩，坐對梅花咀冰雪。是中何好有底憐，其樂自謂超三禪。想君曩歲客淮上，凍脚[1]遍歷溪橋邊。見花輒飲醉即歸，龍蛇揮掃争新奇。至今清夢時到舊遊處，尚記幅巾直掇横筇枝。錦囊投我須鄙句，正似西子枉駕招東施。梅兮梅兮，爾今但有一夔足，世人未識本來之面目。寄謝無爲老衲，他日但過時，當爲浮香主人留一宿。

送劉彦美

吾黨之子來何獨，妙年器宇非庸俗。初聞吾族盡窮窘，次以平安報脩竹。挑燈把酒操南音，似喜人聲到空谷。翻然語别得無情，天涯況是平生熟。

題左閣使瓊花后土像

維揚瓊花天下無，木犀避舍梅前驅。梁園移植有深意，要識姑射冰肌膚。絶品豈知神所寓，等閒未許京塵污。空煩腰鼓揭春雷，打徹梁州[2]殊不顧。明年詔遣歸故宫，玉蘂爛漫縈天風。香聞二十四橋外，熱惱坐變清凉中。世間無物那容久，一夢兵煙化烏有。無雙亭上月依然，可憐空照傳杯手。何人收取斤斧餘，栗玉其色差温如。三都賦客眼青白，歎惜流落潛欷歔。十襲珍藏咨國匠，寸龕爲刻柔示音祇像，禕翟煌煌玉座閒，想見嶽瀆來稽顙。歲時香火必躬親，靈爽舍此依何人。酒胡賤役何足道，居士强

① 脚，文津閣本作"脛"。
② 梁州，文淵閣本作"凉州"。

名安得神。物理細思寧有間，犧樽毋忽溝中斷。不如塗樗社櫟兩不材，得盡天年保無患。

謝王仲章惠淮馬

憶昔短衣精騎射，千金市馬寧論價。尋春不惜錦障泥，歸醉且無官長罵。一行作吏遭羈束，五斗紅陳家不足。騂騮賣却買駑駘，夜齕空槽敢食粟。年來可惜①窮到骨，奔走不暇黔吾突。天公更使我馬殂，造物戲人無迺忽。聞君厩有江淮種，風入四蹄兩耳聳。惠然見貺頗周急，幸免塵韡行決踵。投詩寄謝三歎息，羞澁倒囊無寸積。他年客路會相逢，小倩夢蘭吾不惜。

題劉德文樂軒

君不見達官火色凌朝霞，傳呼數里清堤沙。門人故吏聽頤指，吹噓一到枯生花。那知任重責亦重，朝服坐待曉鼓撾。攖鱗逆耳事可畏，四十未過兩鬢華。又不見朱門錢癡豪且奢，氍毹按舞催箏琶。萍虀豆粥何足道，猩脣熊掌來咄嗟。那知中夜獨不寐，百萬計恐毫釐差。匹夫無罪死懷璧，何異犀象之角牙。人生快意在富貴，富貴尚爾餘何誇。劉君適意殆非此，其樂自謂真無涯。官閒事少憂患少，君恩飽暖及全家。壽親餘瀝沾賓友，教子尚有書五車。百年萬事付杯酒，部伍鼓吹鳴池蛙。眼前識破兩蠻觸，胸次不置千褒斜。箇中歡趣例如此，迴首富貴誰能加。我今百指無定止，

① 惜，文淵閣本作“笑”。

負合却羨循牆蝸。思君清樂不可得，對此況味殊不佳。何時徑往君家去，主孟莫厭煎鹽茶。

題中隱軒

君不見嚴君平、梅子真，成都卜肆吴市門。萬人如海一身隱，外聽車馬争馳奔。又不見介之推、屈大夫，緜山澤畔何區區。孤高與世自冰炭，甘焚就溺捐微軀。兩公朝市大喧噪，二子山林更牢落。混俗變姓良自欺，賣身買名何太錯①。我則願師白樂天，終身衮衮留司官。伏臘粗給憂患少，妻孥飽煖身心安。況有民社可行道，隨分歌酒陶餘懽。經邦論道不我責，除書破賊非吾干。折腰束帶莫耻五斗粟，猶勝元載胡椒八百斛。一朝事敗竟赤族，嗟爾安得爲孤犢。塵韡汗板莫厭時奔走，猶勝李斯相秦印如斗。一朝禍起遭鞭杻，却思上蔡牽黄狗。況知富貴不可求，僥求縱得終身憂。不如中隱軒中，日日醉倒不省萬事休。

① 錯，文津閣本作“惜”。

卷　二

五言律詩

被檄平田訟投宿兔山院留題

人事絶紛譊，臨軒面四郊。松風清不斷，槐影密相交。花蘂香蜂穴，芹泥落燕巢。他年香火社，此地擬誅茅。

中秋月下有感戲傚樂天

此夜十分滿，中秋萬古情。素娥應不老，蒼鬢可憐生。追想歡呼處，翻成歎息聲。悲歡人自爾，月是一般明。

送王平仲二首

潦倒少矍鑠，臞儒餘愚迂。半面便健羨，無渠吾胡娛。袖手久不偶，鋪書如枯株。索寞各作惡，呼車姑須臾。

放浪曩骯髒,囊裝將長揚。偃蹇晚倦獻,徜徉藏光芒。著雨苦齟齬,蒼茫荒羊腸。黯慘厭漸險,彷徨傷王陽。

五言排律

蔡　州

懸瓠城雄壯,登臨寫客懷。九州惟古豫,千里控長淮。極目棲林杪,臨芳瞰水涯。南城新息路,西市確山街。門易朝金榜,亭餘閱世牌。樂光眉拂黛,溱汝股分釵。八卦壇微認,三王塚密挨。輞湖魚唯唯,壺樹鳥喈喈。顏筆龕塵壁,裴碑瘞土堦。卜蟾聞邁志,係鷩近齊諧。坡底爲龍竹,廳前擊馬懷。絶纓臺泯没,鑄劍冶堙埋。坡迹留任宅,涪詩刻秀崖。黄陂澄宇量,許月旦名排。秦賦敵揚子,婁歌勝李娃。越王悲壯志,唐女换遺骸。元濟狂梟獍,宗權暴虎豺。土風敦儉素,聲樂絶淫哇。玉粒家家足,紅蕫處處皆。吴氛薰霧瘴,楚氣拂雲霾。笋石當衙道,仙榆拂郡齋。王侯更廟狄,富相捍潭柴。竦也嘗臨判,謙乎亦攝差。陳翁孫接踵,歐父子聯階。觀額因王覲,民坊出陸偕。許詩多散落,葉記半磨揩。往哲優師帥,遺風軼等儕。老夫爲政拙,雅志與時乖。倦鳥收長翮,疲駑戀短稭。江山題不盡,吾已辦青鞋。

挽姚仲純 案:此詩附載《中州集·醉軒姚先生孝錫傳》後,繹後半首語,似過墓下之作。

夫子人之傑,魁然道最純。鄉閭連沛邑,族系出虞賓。清節冰壺瑩,孤標玉樹新。妙齡探桂窟,雅志傲蒲輪。事業傳衣鉢,風流表縉紳。斗南惟此老,月旦復誰人。忍死哭亡社,偷安笑具臣。斯文雖未喪,吾道竟難[1]伸。彭澤不書宋,東陵無負秦。直從强健日,收得自由身。把臂言猶在,回頭迹已陳。發書占賈鵬,絶筆感商麟。玄[2]矣騎箕尾,嗟哉厄巳辰。終天從此别,窮壤向誰親。墮槨逢王果,留燈待沈彬。彭殤俱逝水,孔[3]跖共荒榛。書帶緣新壠,笛聲起舊鄰。絶絃雙墮淚,掛劍一傷神。冢樹悲長夜,山花作好春。龜趺平木杪,誰爲寫光塵。

六言律詩

贈李彦猷郭伯達二首

才氣無雙家世,中朝第一名儔。茂藹登龍士譽,醉揮倚馬詞頭。南鄭囊封倜儻,西崑詩律深幽。自古卜鄰識面,與君正合交遊。

豪氣從來角出,雄文未易肩儔。學驥翻輸牛後,點蠅誤失龍頭。經火初驚玉美,飲風久識蘭幽。他日相期林下,幅巾與赤松遊。

---

① 難,文淵閣本作"誰"。

② 玄,文津閣本作"元",文淵閣本作"去"。

③ 孔,文津閣本作"丘"。

七言律詩

寄王周拙道人

幾年風浪汩迷津，一息煙霞遂隱淪。結屋正宜居子午，投巾聊復記庚申。兒孫又繼平生志，姑婦能甘抵死貧。邂逅相逢應笑我，蒼頭華髮走紅塵。

寄李致美 案：李致美名晏，《金史》有傳。

別來歲月遽如許，鱗羽沈浮絶往還。款接清譚思寓直，未忘習氣夢催班。信知天上玉堂好，何似江西道院閒。他日相逢能似舊，秖應君眼與南山。

受諫職夜久不寐

責重還憂力不任，中宵未寢念之深。姚虞已拱垂衣手，山甫空勞補衮心。仗馬不鳴羞短豆，野麋有志老長林。横身會有涓埃報，莫笑年來便學喑。

予叨諫員，恨無補報，矧年來歸計未成，晝夕梗于胸中，作詩以見意

漏盡鐘鳴誰執咎，望輕責重難爲功。老鼉無地可作藺，驚鴈見月思傷弓。言忠政恐祝三佞，句好豈辭黄九窮。吾非匏瓜能不食，朝暮喜怒從狙公。

至新蔡，寓居開元寺。暇日與文伯起登經樓賦詩，案：文伯起名商，見趙秉文《滏水集》。寺壁舊有秦少游題詠，計其年尚少，于此作學官，當時坡、谷鉅公皆推重，意爲遠到，而竟不然。所謂方行萬里，出門車折軸，惜哉①

往昔秦郎妙天下，淹留嘗倚仲宣樓。長材不用虎爲鼠，塌翼竟從蜩與鳩。夭矯飛雲蜕仙骨，連卷雌霓落墻頭。世間玉人豈復有，應與晁張地下遊。

① 此詩題，文淵閣本作"至新蔡，寓居開元寺。暇日登經樓賦詩，文伯起繼作，以其寺壁舊有秦少游題詠，故尾句及之。淮海于此作學官，計其年尚少，當時坡、谷鉅公皆推重，意爲遠到，而竟不然。所謂方行萬里，出門車折軸者，惜哉"。

初到蔡下已有春意

向辭北闕猶飛雪，及到南州便得春。知有勝游供勝具，況宜閒處著閒身。江湖且作鼃魚主，天地能容蟣虱臣。兀坐静思心語口，此來無愧汝陽人。

鞏義卿遊學蔡下積年，今雖老，豪氣不除。此州因兵火後鄉校幾廢，義卿獨能徒步千里，請所費于有司，今復告成，亦可謂能張吾軍者也

泮宫俎豆幾息矣，極力贊成時乃功。詞源滔滔注絶壑，俠氣凜凜凌層空。鄉人敢易蘇季子，坐客盡驚陳孟公。相見明年春更好，杏園人醉馬嘶風。

方山聞有代者，坐中或至潸然

五年不去任推擠，慚愧鉛刀試割雞。妻子久甘塵滿甑，兒童嘗笑醉如泥。恨無遺愛寬齊市，空有餘愚污冉溪。此去曾①應書下攷，於潛癡女勿輕啼。

---

① 曾，文淵閣本作“會”。

思　歸

擢賈之髮罪莫數，君恩猶許牧邊州。夢尋薊北山深處，身在淮西天盡頭。袖手不應書咄咄，乞骸端欲牓休休。求田問舍真良策，卧地還勝百尺樓。

夜宿淮陰城下

將軍旗鼓渡中流，明旦孤城土一丘。埋没游魂隨野草，煩冤新鬼哭沙洲。坐看赤壁飛灰滅，行想金陵王氣收。惟有多情淮上月，夜深還照女墻頭。

故人翟仲謀潦倒場屋，今復見之，所異于昔者，蒼顏[①]白髮耳，適以詩陳情，輒次其韻，因以勉之

憶昔妙年仝射策，今誰存者苦無多。鄆城久矣埋長劍，陶壁依然掛短梭。鉛槧功夫真戲耳，虀鹽活計奈貧何。鵬圖九萬平生事，老翮青雲尚可摩。

---

① 顏，文淵閣本作"頭"。

雞　　頭

竹爐新煮輭冰丸，咀嚼寧憂[1]齒頰乾。誰認鱉胎刳玉彈，共驚蛟室泣珠盤。芋頭有味終難永，菱角齊名不奈寒。喚起舊年風月興，惜無千丈酒腸寬。

天德辛未，家君守官白霫，僕是歲登上第，交遊飲博皆一時豪俊，于今二十六年矣。適以審刑復來，留數日。故人高晦之以舊見訪問，當時所與游者，往往鬼録。高本富家，今貧甚；僕向最年少，今老矣。感歎久之，爲賦詩以自遣

憶惜登科正妙年，鞭笞龍鳳散神仙。金釵貰酒春無價，銀燭呼盧夜不眠。往事悲凉真夢耳，故人零落獨潸然。臨街父老應相識，笑指潘郎雪滿顛。

日暮倚仗水邊

水國西風小摇落，撩人羈緒亂如絲。大夫澤畔行吟處，司馬江頭送别

① 憂，文津閣本作“容”。

時。爾輩何傷吾道在，此心惟有彼蒼知。蒼顔華髮今如許，便掛衣冠已是遲。

别高麗大使二首

萬里朝天禮告成，歸途冰澼積峥嵘。相從遽作春雲散，款語何妨夜月傾。兩地關河傷遠别，一天風雪歎勞生。他年幣玉重來日，對立罘罳眼更明。

送迓都忘百日勞，匆匆言别奈無聊。渡江相見迎桃葉，分馬能忘贈柳條。煙抹雞林山隱隱，雲横鶴野路迢迢。君侯此去應前席，爲贊忠嘉事聖朝。

李仲佐，遼東之豪士也。初識于大元帥席上，怪其議論英發，坐客盡傾。至于通練世務、商較人物，雖博學老儒或有所不及。僕喜其爲人，臨分以二詩贈行，且將以爲定交之券也

夤緣樽俎接雍容，一洗從來蔕芥胸。笑我殘年方射鼠，喜君巨手學屠龍。聞名素重千金諾，識面尤輕萬户封。指日乘槎吾已矣，與君林下會相逢。

客路逢君蓋少傾，歡然相與話平生。心胸皂白人倫鑒，齒頰吹嘘月旦評。雞黍後期雖有信，參商輕别得無情。從今把酒須東望，千里關山共

月明。

過　　代

金波曾醉鴈門州，端有人間六月秋。千古山河雄朔部，四時風月入南樓。漢家戰伐雲千里，唐里英雄土一丘。繫馬曲欄搔首望，晚來閒殺釣漁舟。

題莊子祠堂

蒙莊千古骨成塵，德業猶争日月新。説劍似乎非聖作，鼓盆聊爾見天真。螳蜋恂恂人間世，蝴蝶悠悠夢裹身。才與不才俱是累，先生木鴈請書紳。

海　　棠

輕紅淡白天然態，山杏溪桃不足多。睡足精神閒蠟燭，酒酣肌肉捲香羅。都官有隙遽如許，工部無情奈爾何。流落幸遭蘇玉局，一樽相對爲君歌。

病　起

衰疲那復病交攻，湯劑扶持幸有功。牀下蟻聲端是妄，杯中蛇影本來空。政緣造物偶相戲，不謂工詩坐此窮。三復佳章覺便健，信知書檄愈頭風。

張子固奉命封册長白山，迴以詩送之

勞生汩没海浮粟，薄宦飄零風轉蓬。我昔按囚之汶上，君今持節出遼東。分攜遽爾閲三歲，相對索然成兩翁。健羨歸鞍趁重九，黄花手撚壽杯中。

寄題涿郡蜀先主廟

當年竹馬戲兒曹，笑指籬桑五丈高。時也共誅千里草，天其未厭卯金刀。宗臣嘔血重三顧，嗣子不才輕六韜。故國神游得無恨，破垣風雨夜蕭騷。

天下英雄惟使君，本初之輩不須論。初無尺土三分國，遽隕長星五丈原。簡策功名成廢紙，歲時簫鼓閙荒村。猶勝故國不歸去，叫斷西風杜宇魂。

題伍員廟

蚤年亡命入蘇州，破越興吴出坐籌。可惜捧心貽後患，遽令嘗膽雪前羞。忠臣竟受鯨鯢禍，故國空傷麋鹿遊。欲向波神問遺恨，胥山三月看潮頭。

送劉師韓歸雲中二首

忽忽杯酒促行輈，挽斷征衫不少留。别友情懷雖作惡，還家滋味勝封侯。雞催淡月閭山曉，鴈貼黄雲馬邑秋。老矣仲宣歸未得，微君底處許依劉。

客裏那堪送客行，迢迢煙水指歸程。子規催促渾無賴，秋雨留連却有情。此日短亭輕折柳，何時長路重班荆。著鞭穩上青雲去，莫惜因風蚤寄聲。

丁未肆眚

平生自信不謀伸，媒孽那知巧亂真。暗有鬼神應可鑒，遠投魑魅若爲鄰。九天漢詔與更始，萬里湘纍得自新。天地生成知莫報，一杯何日與封人。

高武略復和尖字韻見贈，走筆奉酬

落紙千篇筆退尖，我方刻畫老無鹽。鼎鐘之後知誰識，糟麴其間想自嫌。顧冀北群須伯樂，嗣西江派得洪炎。便當覓取高師著，此去心顔更可漸。

泛舟用王子告節副韻二首

綵舟風輭蹙波瀾，草草杯盤略解顔。緑蟻淺斟金鑿落，青娥低唱玉連環。忘機鷗鳥心情好，信美江山眼界寬。老矣相逢拚一醉，正須絲竹寫餘歡。

勳業時時把鏡看，却嫌秋水照衰顔。肘懸斗印慚分竹，行恐泥封促賜環。酒裹光陰真可惜，客中懷抱若爲寬。十觴一舉君須醉，念我[1]區區亦鮮歡。

春　　牛

土木形骸聊假合，丹青毛角巧相宜。老拳痛手交攻爾，粉骨碎身知爲誰。不似驚狂持索處，正如觳觫過堂時。漆園傲吏真達者，未肯生爲太廟犧。

---

① 念我，文津閣本作"念念"。

送李致美之任雲中

宸衷簡在付陪京，摩拊疲氓藉老成。金闕共瞻卿月出，野人相慶福星明。先聲雷殷嬀州路，和氣春迴魏帝城。想見郊迎笳鼓競，吏民驚歎綵衣榮。

探春二首

和氣融融散薄原，東風應已入東門。坡云①："東風未肯入東門"。弄晴野鵲翻高樹，趁暖家雞啄破垣。淺緑未生挑菜渚，嫩黄先報探花村。安排詩酒相追逐，聊慰天涯倦客魂。

撥忙騎馬到郊原，絶勝喧卑倚市門。破凍薺芽敷畝隴，向陽蔬甲觸藩垣。春陰半暗雲間寺，夕照偏明水外村。悵望故園歸未得，且呼歡伯暖冰魂。

題北禪寺用前韻

紺宇峥嶸枕膴原，相承祖印出雲門。層簷蛛網圍沙界，傑榜金書照粉垣。香火勝緣通四衆，華燈珍供走諸村。神光潑眼旃檀像，想見天魔落膽魂。

① 云，文淵閣本作"詩"。

題信大師松菊堂

阿育浮圖古道場，最宜花竹暗禪房。影侵羅什飜經席，香散生公説法堂。飛節芝豐輕歲月，辟寒金瘦傲風霜。他年遠社歸吾老，爲我須留漉酒囊。

送張希召二首

憔悴談玄揚子雲，如何耳冷百無聞。從來不識河南守，此去還空冀北群。遠别定須多作惡，相逢無惜重論文。勿卑小郡爲無益，餘潤京師正賴君。

省臺諸子例才兼，盡道超群未及髯。自苦折腰供吏役，誰憐白髮困郎潛。塵鞾久厭踏紅輭，冰箄常思負黑甜。好向水雲鄉裏去，監州不惡有團尖。

送張希召出宰贛榆

耐久誰如故國山，送君直過穆陵關。一川魚鳥江淮近，千里農桑海岱間。老驥未甘塵土厄，仙鳧宜向水雲閑。此行莫作三年别，攱最當隨紫詔還。

送劉子高宰新安二首

吾髯得邑古河南，政事應須出笑談。但喜時平由聖主，不憂縣小選中男。子文已慣三無愠，叔夜休辭七不堪。想見細民多受賜，長官如水吏羞貪。

憐君桂玉苦羈栖，强項逢人未肯低。病裏更貧猶愛客，酒中有得不謀妻。長材無用虎爲鼠，妙手豈論牛與雞。攷課會應書上上，促歸行看紫封泥。

跋《風柳忘牛圖》

溪風淅淅柳絲柔，柳下蠻童釣晚洲。老牯安行無寸草，游儵飽食弄沈鈎。連羈治馬真成虐，挾策尋羊未足優。何似人牛俱不見，短蓑高掛樹枝頭。

三逸堂白芍藥

春城白藥占春餘，妙品端宜入畫圖。萼粉雨餘沾蝶翅，蕊香風暖上蜂鬚。壽陽宫女妝梅額，姑射仙人瑩雪膚。不見眉山蘇閣老，更誰能賦玉盤盂。

元夕有感

一生能見幾元夕,況是東西南北人。殘夢闕河鼇禁月,舊遊燈火馬行春。歲華投老送多感,節物對愁争一新。自笑區區成底事,天涯流落淚沾巾。

次韻郭解元病竹二首

此君清苦少知音,獨有幽人忍凍吟。生死挺然終抱節,榮枯偶爾本無心。比肩恥與蒿萊伍,强項不容冰雪侵。姑待東風脱新緑,傍陰高卧解吾簪。

風摧雨折不成陰,培養應無老醉吟。狂直未能忘故態,孤清端不負初心。佳人日暮何堪倚,太守春饑輒莫侵。特立閒門固癡絶,看他桃李上華簪。

上南京留守完顔公二首

聖朝敦睦重分封,不學成王戲翦桐。終以阿衡任天下,暫留蕭相守關中。窮邊緑野人煙接,永日黄堂獄訟空。巨手不應偏福地,會歸調鼎贊元功。

赫赫金源帝子家,暫分符竹奠京華。禮容登降歌麟趾,廟算縱横制犬牙。黄閣久聞虚鼎席，朱衣行引上堤沙。他年定數中書攷，異姓汾陽不足誇。

平夷道中二首

河陽白髮近來添，行役勞勞歲已淹。仕路黄楊何日進，宦情橄欖幾時甜。未妨徐邈時中聖，自笑東坡不受痁。箕斗虚名將底用，慨然舒笑一掀髯。

歸思秋來日日添，擬將餘恨寄江淹。東華久厭踏紅輭，北牖常思負黑甜。世路窮通端是夢，人情寒熱動如痁。兒曹縱有英雄手，第恐英雄未及髯。

留題紫巖寺

手胼足趼不知勞，珍重麻衣道最高。跨岸飛橋横玉蝀，倚空層閣壓金鼇。一天花雨森秋氣，萬壑松風捲夜濤。怕見雲堂老尊宿，笑人塵土滿征袍。

投宿青山院中夜不寐

夢覺歸心正鬱陶，青熒①燈火擁綈袍。短檠却對顔何厚，長鋏高彈氣

① 熒，文淵閣本作“螢”。

轉豪。入室寒螿鳴破壁,隔窻飢馬齕空槽。年來髀肉渾消盡,一事無成有底勞。

席上贈馬楊陳三同道

君辭絳帳尸糟麴,公草玄經守薜蘿。一坐盡驚真俊爾,半生不語奈癡何。清談緩舉玉如意,痛飲屢翻金叵羅。眼界幸無俗物惱,釋然一笑散千痾。

遊山寺

盤紆細路僅能通,斷壑危橋渡幾重。横嶺盡頭方見寺,亂雲深處忽聞鐘。黄昏古屋翻飛鼠,緑浄寒潭隱蟄龍。慚愧居僧還好客,鄰家乞粟備晨舂。

散策

日涉家園三五回,虚堂俯瞰碧溪隈。酒杯有限愁難遣,詩句無窮花旋開。多是春分遲社到,要教燕子趁時來。風寒留雨迷楊柳,翠色迎晴拂舊埃。

自東營來廣寧，道出牽馬嶺，嶺西去路幾半里，松檜鬱然，桃李間發。問之，云：“利器梁侯之先塋也。”其櫬尚附淺土。遂命酒哭奠而去。公初待我以國士，雖晚意少疏，而恩禮未易忘也

九仞終虧一簣功，想知銜憤泣幽宮。死生怒臂屈伸頃，得失弈碁翻覆中。只有松杉全晚節，不隨桃李嫁春風。門生故吏知多少，誰致生芻奠此翁。

再過墳下

毀譽譊譊息蓋棺，百年春夢大槐安。功名倒挽九牛尾，富貴真成一鼠肝。故國鶯花人事改，空山風雨夜臺寒。平生我亦心如鐵，醉眼西州淚不乾。

易足齋

吾愛吾廬事事幽，此生隨分得優游。窮冬夜話蒲團暖，長夏朝眠竹簟秋。一榻蠹書閒處看，兩盂薄粥飽時休。紅旗黄紙非吾事，未羨元龍百尺樓。

路逢安陽花酒，問之，云："迓貳車于河上。"戲以詩寄蕭彭老

慣曾歌酒醉秦樓，客路相逢爲少留。油壁繡簾紅粉面，銀瓶絲絡紫泥頭。眼寒老杜腸先斷，肺渴長卿涎欲流。遥想蕭郎高會處，淺斟低唱木蘭舟。

跋楊德懋《雪谷早行圖》案：楊德懋即楊邦基。

冰凍雲凝萬木乾，亂山重疊雪漫漫。人藏龜手借餘暖，馬縮蝟毛凌苦寒。兒輩豈其專尚利，此翁無奈未休官。人生寄耳遽如許，底處息肩聊解鞍。

分韻賦松風得泉字

蒼髯疏影冷浮煙，坐久披襟更灑然。蕭索半天催急雨，清凉三峽泛流泉。尋真客至花飛下，憩寂僧閒子滿前。却笑朱門無遠韻，祇將俗耳醉繁絃。

再遊鐵佛寺致奠王庭光

竹杖芒鞋過虎溪，素琴濁酒記仝攜。嗟君死日無千駟，約我來時贈隻雞。滿地餘花春寂寂，半巖蒼檜雨凄凄。悲凉人散黄昏後，萬木號風野鳥啼。

碧濟泉清安寺

突兀層峰刻削成，嵌空金碧鬱峥嶸。長松萬壑海潮上，飛瀑半天山雨傾。白石清泉良負爾，紅塵烏帽可憐生。僧寮不厭俗人污，暫息勞筋睡到明。

留題鼓山寺

風落松聲撼晝眠，似聞鐘磬響雲顛。竹林欲訪知何地，石鼓相傳不記年。齊主有緣成勝事，周兵無賴化飛煙。何當一洗紅塵眼，會見神通五萬仙。

漁　　父[1]

一聲欸乃破蒼煙，萬頃滄浪蘸碧天。黄篾筏頭閒活計，緑蓑衣底懶因緣。酉年酒易多卯飲，亥日魚收縱午眠。坐笑磻溪太多事，夢招西伯渭川畋。

① 此首文淵閣本收於卷四第一首，題作《古漁父詞》。

卷　三

七言律詩

萬春節口號 案：萬春節，金世宗生日節名。此詩似作于大定初年。

翠輿黄繖望天顔，警蹕西清綴兩班。瑞日曈曈明綵仗，香雲靄靄擁蓬山。已聞賀使朝金闕，佇見降王款玉關。君壽國安從此始，老人星現丙丁間。

送田元長接伴高麗告奏使

聖朝萬里息烽煙，冀馬吴牛盡穩眠。蝸國弄兵貪裂地，蟻臣將命懇呼天。政須老手不生事，故遣吾髯更著鞭。想到鴨江文字飲，德星清對兩詩仙。案：《金史·高丽傳》，大定十五年高丽西京留守趙位寵亂，遣使上表，請以慈悲嶺以西、鴨緑江以东内附，詔不許。後王皓定趙位寵之亂，遣使告奏。即此詩所云。

還　　鄉

亂後人煙到處稀，馬尋歸路駃如飛。誰憐膝上狂文度，却作遼東老令威。閭里舊游渾似夢，交親相對漫疑非。形容變盡君休問，大勝游魂不得歸。

題藺相如廟

應憐趙弱不能國，天贊此老裨時君。按劍不屈秦天子，迴車豈畏廉將軍。區區太子徒見慕，奄奄諸輩復何云。名重泰山成底事，一科蓬底覓孤墳。

中秋待月

聳肩危坐覺寒侵，雲罅玲瓏看湧金。所恨輕違經歲久，莫辭姑待到更深。據牀老子非無興，造物小兒真有心。憑仗何人訟風伯，爲儂西北捲層陰。

登郡城有感

禹别九州此其一，下臨淮汝上虚危。掛壺樹老孫枝長，懸瓠城荒女口𡷊。敗址頹垣馴虎廟，冷煙寒雨化龍陂。客懷感慨知多少，倚徹欄干欲下時。

渡遼舟中小酌

佳會清歡取次成，逸群高論極峥嶸。掀髯已判玉山倒，蘸甲不辭金椀傾。落日襯雲魚尾赤，斜風捲水縠紋生。豫愁江上分飛後，千里關河月共明。

留題晉陽古城慧明寺

勞生來往竟如梭，蕭寺重遊感慨多。十里晉溪新景物，千年唐叔舊山河。苾蒭香滿阿蘭若，舍利深藏窣堵波。我欲壁間書歲月，奈何慚愧小東坡。壁間有蘇叔黨留題，故云。

題劉德文樂軒

書生活計一囊錢，以樂名軒豈漫然。得意山間聊寓酒，賞音琴上本無絃。園空洛社今誰獨，堂在睢陽底事全。會見慈親封大國，金華榮拜雪垂肩。

送張希召

見説東人苦①倒懸，正須老子與安然。豫知和氣千門溢，想見先聲萬口傳。坐使游民羞佩劍，斷無姦吏浪催錢。笑談了却公家事，莫惜新詩寄百篇。

上咸平帥耶律壽

勳業凌煙鬢未華，門森霜戟擁高牙。漢朝劍履元臣後，遼國貂蟬太后家。黄閣已聞虚鼎席，朱衣行引上堤沙。吹簫況是神仙侶，知看蟠桃幾度花。

詠虱

髗髻鶴髮坐搔頭，破碎鶉衣不奈秋。緩帶笑儂時詭遇，處褌嗟爾亦良謀。裹章想倦嵇中散，披褐幸容秦武侯。猶勝元封班②定遠，枕戈無暇解兜鍪。

---

① 苦，文淵閣本作"若"。

② 班，原爲小字"缺"，據文津閣本補。

題香山寺

平生居士愛香山，百歲神遊定此間。黄卷既能探妙理，青衫安用拭餘潸。櫻桃笑日豔樊素，楊柳舞風嬌小蠻。尚想夜深攜滿老，幅巾來聽水潺潺。

上大人通奉壽三首 案：寂父官至通奉大夫，見本集行狀。

舉世鷗盟多反覆，我翁强健果投簪。三薰三沐蕩塵慮，一詠一觴償宿心。柱下相君能漱石，潁濱遺老悟休陰。天公報壽豈無意，要識三槐種德深。

月旦人材口不談，市朝冰炭飽經諳。平生拙宦魚千里，投老退休僧一庵。細數行年今九九，了知得髓後三三。聖朝文物方求備，會補遺書訪濟南。

每年禊飲飲須醉，盡日送窮窮奈何。子姪籃輿隨靖節，天人方丈問維摩。歸心寸草夢危枕，争道楸枰驚爛柯。願與羅浮竹尊者，時看銅狄笑摩挲。

時元瑜以筇杖爲吾親壽

國士憑誰致此君，羅浮知見幾雲孫。生成鶴膝挺高節，斷去龍鬚露老根。應與蒲萄隨漢使,羞同瀥勒暗鑾村。我翁兩脚猶强健,要看蓮峰玉女盆。

郭惠叔雙封堂

淵源忠孝出汾陽,天子嘉之畀寵光。素髮迎將兩翁媪,彩衣羅拜幾郎娘。傳看瑞草文犀軸,笑捧金花古錦囊。我亦同君預榮幸,追懷風樹涕淋浪。

上韓運使壽用上蕭帥詩韻

建節十年鬢未華,印懸如斗擁高牙。晚生幸識荆州面,異世猶尊吏部家。向昔神仙得石髓,至今鉛鼎養丹砂。人間游戲知多少,眼有方瞳頂聚花。

哭二舍弟

才猷事業未一試,歎恨若人沈九原。折簡見呼徵汝夢,賦詩成讖兆予言。二千客路未歸櫬,八十老親猶倚門。誰爲臨風歌九辨,睢陽高處與招魂。二舍弟頃年嘗夢冥府追去,予比未聞喪,跋《織錦文禽圖》云:"却憶鶺鴒風雨後,水寒沙冷可憐生。"時人以爲讖,故併記之。

哭田去華

此老初無適俗韻，請歸田里傲南牕。平時誰送楊臨賀，死日共知張曲江。人果贖兮身可百，士能如此國無雙。佳城一閉風流盡，尚想修文對漆缸。

哭僧義和二首

瘦權平昔事風騷，痛矣吟魂不可招。廟裏香爐從此去，杖頭明月更誰挑。雲披山頂浮螺髻，風鼓松聲振海潮。他日東坡作真供，石泉槐火憶參寥。

竹杖芒鞋上翠微，山川良是昔人非。無心野鶴穿雲去，洗鉢山童帶月歸。此二句蓋二舍弟夢中所得，已而義和告逝，予特以此終篇耳。醉墨舊書雲老壁，勝遊常扣贊公扉。老人手種堂前柏，不見蒼皮四十圍。

送張仲謀使三韓

照海旌幢出樂浪，過家上塚路生光。鴨江桃葉朝迎渡，岊嶺松花夜煮湯。恩詔肅將芝檢重，醉鞭低裊玉鞘長。遺民笑指天車道，酷似南陽異姓王。高麗稱中原使節皆曰"天車某官"，事見閻子秀《鴨江行記》。〇案：此詩及下三詩竝見《中州集》。張仲謀名汝猷，浩之子，《金史》無傳。此詩似送其奉使高丽而作，然《交聘表》不載其事。

黄 桃 花

應嗔國色朝酣酒，賜與羽衣如太真。道士厭看千樹老，令君別换一城新。緗梅拂額更不俗，栗玉削肌殊可人。想得乞漿尋舊約，東風不似去年春。

奉題少保張公曲阿別墅二首

休沐時時散馬蹄，緑陰如染轉長堤。帝城和氣融春圃，相國餘波到雨溪。無數龜魚欣作主，不言桃李自成蹊。聖時正要傳衣事，賀監從渠老會稽。

鍾湖亭下水淙淙，緑野平泉未易雙。十里藕花紅步障，一軒松蔭碧油幢。洛中獨樂有司馬，天下不名知曲江。紙尾欲煩賢宅相，雨蓑添我坐篷牕。

七言排律

上咸平帥耶律壽

九重前席喜忠純，不待先容自致身。漆水襲封無冷眼，德光傳世有名臣。早登祕閣直清禁，旋陟樞機歷要津。蒲阪餘波千里潤，柳城和氣萬家春。定須鐵[1]鉞專方面，未許江湖拜散人。鶴骨固應多壽老，會看滄海起飛塵。

五言絶句

題懿州寶巖寺壁雨竹

寧爲强項侯，不作折腰吏。羞對桃李顏，傷春泣紅淚。

題武公實扇

春瓮篘新蟻，秋盆鱠錦鱗。高眠無一市，争羡市朝人。

六言絶句

題　扇

荷柄猶擎宿露，荻花已著秋霜。寄語浣沙遊女，莫驚溪上鴛鴦。

① 鐵，文淵閣本作“鈇”。

七言絶句

題《船子和尚圖》二首

雨笠煙蓑三十年，一篙投意便忘船。何如更擬吴江上，付與兒孫慶有緣。

夜静風高江水寒，歸船空載月團團①。須知釣得金鱗後，只是當時②舊釣竿。

納凉蕭寺

午晝葵花潑眼明，緑陰深處轆轤聲。燕泥吹落欺人睡，無賴薰風也世情。

和張運使送春二首③

别院重門幾許深，桃花結子柳成陰。也知春在荼蘼架，自是愁多懶重尋。

---

① 團團，文淵閣本作“團圓”。

② 時，文津閣本作“年”。

③ 文淵閣本作“和張運使送春六首”，包含本組詩及下面“又三首”和“又一首”，以首句四字爲例，順序是“别院重門”“蛛網冰徽”“黄昏簾幕”“貼水新荷”“老却芳菲”“樹底殘花”。

樹底殘花積漸深,樹頭新緑不多陰。留春春去無料理,試倩行雲夢裏尋。

又 三 首

蛛網冰徽不復開,等閒魂夢可曾來。鳥啼花落傷心事,惆悵東風唤不回。

黄昏簾幕爲誰開,嫌怕雙飛燕子來。腸斷一春無好句,令人慚愧賀方回。

貼水新荷卷未開,隔牆風送落花來。兔葵燕麥應相笑,前度劉郎去又回。

又 一 首

老却芳菲過却春,流鶯應怪舊遊人。犀圍不管年年瘦,璧月無端夜夜新。

沙 丘

白璧沈江夜鬼呼,明年當是祖龍殂。海中童子無消息,坐待長生豈不迂。

微子廟

比干忠諫死如歸，箕子佯狂脱禍機。君厭殷辛高謝去，三仁誰是定誰非。

和黄山谷讀楊妃外傳五首

兄弟漸疏花蕚夢，君王貪醉上陽春。却將妃子比飛燕，何物謫仙能屈人。

姚宋云亡言路塞，虢秦徼寵禍機深。平時笑指胡奴腹①，信道是中惟赤心。

金步摇低雲髻墮，瑞龍香散野風吹。嶺南驛傳來何暮，趁得新墳薦荔枝。

環子竟逢山下鬼，老翁空歎木牽絲。年年牛女相逢夕，記得凭肩私語時。

飛鴈秋風汾水上，淋鈴夜雨蜀山前。此時一念無料理，阿瞞何由雙鬢玄。

① 此句，文淵閣本作“平時笑指禄山腹”，文津閣本作“健兒巨腹何須問”。

艾　人

野艾乘時加束縛，奮髯嚼齒似能神。偶然擡舉在高處，白眼難堪不視人。

宿錦州廣濟寺，僧房卧屏一幅，畫一綸巾羽服，隱几胡牀，命短童汲水澆花，若有所待者，相望一翁，桶帽凉衫，倚杖于溪橋之上，意其眷戀風景而緩其行也。迺賦二詩

垂柳陰陰晝日長，野人無事自清凉。衹應冷笑黄塵裹，爲米癡兒有底忙。

溪橋泉石想佳哉，欲去遲遲首重回。不道西莊閒處士，胡牀虚左待君來。

萬春節宴罷述懷

去歲宫花插滿頭，玉堦端笏覲珠旒。如今淪落江淮上，始覺衰殘兩鬢秋。

題張子正運使所藏楊德懋《山居老閑圖》，仍次元韻四首

山崦人家落照間，笑攜兒輩語柴關。應憐烏帽紅塵客，有底功名不肯閑。

竹屋松牕水石間，野人門户不曾關。官租了却迎神罷，社酒雞豚日日閑。

世路風波俯仰間，趦趄行恐墮機關。豈知野鹿便豐草，金絡從渠十二閑。

張侯詩敏落黄間，楊丈規摹逼老關。二妙通靈恐仙去，夜牕風雨要防閑。

附寄陳州陳顯祖

若到睢陽話汝陽，故人應也問行藏。但言甚矣吾衰矣，三友軒中作退堂。

渡　遼

我家河朔望咸平，飛鳥猶須半月程。盡道遼陽天樣遠，渡遼何況更東行。

朝　歌　城

獨夫亡國固宜哉，不省雞聲是禍胎。辛苦朝歌城下土，暫成宮殿却成灰。

銅　雀　臺

銅雀臺荒桑柘圍，老瞞曾醉柘黄衣。錫花片瓦將安用，留與詩人寫是非。

跋楊損之所藏楊德懋《秋江捕魚圖》二首

雨蓑煙笠老江湖，回首人間萬事疏。不向市橋魚换酒，似聞官路有徵車。

楊丈歸心寄老毫，楊侯真賞銜詩曹。都緣家世有漁隱，曾著蓑衣傲錦袍。

元日偶題

三十年前老錦工，投梭端有運斤風。重來莫訝無人問，花樣如今盡不同。

月下聞蟬

赤日黄塵没馬韀,宵征聊快月波寒。飲風吸露易爲足,何事區區口不乾。

望仙樓

麗華朝夕侍宸遊,秋月春風醉不休。擒虎兵來狎客散,歌聲猶在望仙樓。

慶州北山之麓,遼山陵在焉,俗謂之三殿。二十年前常爲盜發,所得不貲,是所謂厚葬以致寇者,嘆而成詩

珠襦適足賈身禍,金椀傳聞落世間。慚愧漢文遺治命,瓦棺深葬霸陵山。

題《煙寺晚歸圖》

上方直去天一握,歸路轉回山半腰。老衲遲遲緣底事,要乘佳月過

溪橋。

細　腰　宫

玉立宫娃滴滴嬌，君王沈湎醉春宵。不知天下歸長距，猶向尊前舞細腰。

白　馬　寺

竺法初從西土來，黄冠犄角力相排。當時道教灰飛盡，貝葉真經安在哉。

宗州帥守廳事東偏有燕寢之所，壁畫四皓，戲以一詩嘲之

偃蹇商山四秃翁，龍飛蛇斷笑談中。出爲羽翼成何事，輸與留侯萬世功。

朝服迎詔馬上偶成

走遍人間爲口忙，人間無路不羊腸。東風叵耐相欺得，吹盡朝衣兩

袖香。

兒子以詩酒送文伯起，既而復繼三詩，予喜其用韻頗工，爲和五首

山肩吾子類賈島，火色我儂輸馬周。但得把螯同一醉，絶勝側目避監州。

逢人不肯下顔色，砥柱屹然羞比周。能詩怪有墨君僻，一派元出文湖州。

樽酒但能供北海，漁蓑安用釣西周。七言五字得誰髓，老杜工部韋蘇州。

轍底波臣渴欲死，政煩斗酒亟呼周。錦囊詩草勿浪出，嫌怕聲名動九州。

畫餅虚名戰蠻觸，黄粱春夢閲商周。吾衰久矣百念冷，不用三刀兆益州。

伯起善用强韻，往復愈工，再和五首

解醒①五斗多安用，道通②三杯急可周。放下籃輿成一醉，眼高不顧王江州。

---

① 醒，文津閣本作“酲”。

② 道通，文淵閣本作“通道”。

耽詩竊比城南杜，寄傲真同柱下周。花底最宜文字飲，不須羯鼓打梁州。

曹植波瀾元自大，嵇康禮法若爲周。試擕詩律摧堅敵，絶似乃翁平貝州。

善交人者久而敬，其責己也重以周。莫笑山中醉朝暮，舉鞭猶解問并州。

鄉關煙水三千里，客舍星霜一再周。臣子愛君無遠近，斗牛箕野望神州。

浴桃花湯

惜爾不遭淮海賦，幸然得免驪山污。如何不肯混常流，要使衆生清浄故。

沁水山寺

兩峽山高月半輪，五更人起馬嘶頻。無端又上長安道，輸與僧窻飽睡人。

逸　句

無　　題

生涯貧到骨，家具少于車。

留别郭熙民

五年風雪黄州閏，萬里關河渭水秋。

盧　植　墓

南臺故址今頹然，漢盧植墓疑相傳。

卷　四

詞

昭君怨 江行[①]

一曲清江環碧，兩岸蕭蕭蘆荻，煙雨暗西山，有無間。　有酒須當痛飲，百歲黄粱一枕。瞰莫放愁閒，上眉端。

點絳唇 上太夫人壽

阿母瑶池，夢迴風露青冥曉。六宫儀表，曹大家風好。　滿眼兒孫，大國金花誥。頭如葆，未嘗聞道，冷笑西河老。

同　前 閨思

疏雨池塘，一番雨過香成陣。海榴紅褪，燕語低相問。　冰簟紗幮，

① 江行，文淵閣本作"江行詞"。

玉骨涼生潤。沈煙噴，日長人困，枕破斜紅暈。

菩薩蠻 春閨

回文錦字慇懃織，歸鴻點破晴空碧。上盡最高樓，欄干曲曲愁。 黄昏猶竚立，何處砧聲急。强欲醉烏程，醒時月滿庭。

同　前

鎮犀不動紅鑪窄，宿酲惱損金釵客。瑞鴨裊彫盤，白毫起鼻端。 韓郎雙鬢老，箇裏知音少。留取麝煤殘，臨鸞學遠山。

同　前 回文題扇圖

碧空寒露松枝滴，滴枝松露寒空碧。山遠抱溪灣，灣溪抱遠山。 竹疏横岸曲，曲岸横疏竹。寒鷺宿平灘，灘平宿鷺寒。

採桑子 用司馬才叔韻

西風吹破揚州夢，歇雨收雲。密約深論，羅帶香囊取次分。 冷煙衰草長亭路，銷黯離魂。羞對芳罇，剛道啼痕是酒痕。

同　　前

馬蹄如水朝天去，冷落朝雲。心事休論，蘸甲從他酒百分。　不須更聽瑒闢徹，銷盡冰魂。惆悵離罇，衣上餘香臂上痕。

同　　前

十年塵土湖州夢，依舊相逢。眼約心同，空有靈犀一點通。　尋春自恨來何暮，春事成空。懊惱東風，緑盡疏陰落盡紅。

減字木蘭花 送春

羽書催去，落絮飛花縈不住。湖上流鶯，欲別頻啼三兩聲。　劉郎未到，辜負東風何草草。今度重來，不放桃花取次開。

同　　前

髻羅雙綰，灩灩脩眸秋水剪。笑靨顰眉，無限閒愁總未知。　虚簷月轉，一曲未終腸已斷。百斛明珠，買得罇前一醉無。

同　前

湖山明秀，荳蔻梢頭春欲透。學畫鴉兒，多少閒愁總未知。　新聲皓齒，惱損蘇州狂刺史。一斛驪珠，許我樽前醉也無。

好事近 贈妓①

玉帝掌書仙，謫向世間初識。一種可人情味，肖江梅標格。　眉尖多樣惜關山，無語淚偷拭。別後錦城風月，記河東詞客。

酒泉子 夫人生朝

禊飲連宵，簾捲曉風香鴨噴。兒孫羅拜捧金荷，沸笙歌。　赤霜袍輭鬐嵯峨，名在仙班應不老，人間歲月儘飛梭，奈君何。

人月圓 再過真定贈蔡特夫

錦標彩鷁追行樂，管領鎮陽春。而今重到，鶯花應笑，老眼黄塵。憑君問舍彫丘側，準擬乞閒身。北潭漲雨，西樓横月，藜杖綸巾。

① 本詩據文淵閣本、文津阁本補。

鷓鴣天

秋後亭皋木葉稀，霜前關塞鴈南歸。曉雲散去山腰瘦，宿雨時來水面肥。　吾老矣，久忘機，沙鷗相對不驚飛。柳溪父老應憐我，荒却溪南舊釣磯。

同前

千頃玻璃錦繡堆，弄粧人對影徘徊。香薰木麝芳姿瘦，酒暈朝霞笑臉開。　嬌倚扇，醉翻盃，莫隨雲雨下陽臺。平生老子風流慣，消得冰魂入夢來。

南鄉子 并引①

大定甲辰，馳驛過通州，賢守開東閣，出樂府，縹緲人作累累駐雲新聲，明眸皓齒，非妖歌嫚舞欺兒童者可比。怪其服色與噲等伍，或言占籍未久，不得峻陟上游。問之，云青其姓，小字梅兒。因感其事，擬其姓名，戲作長短句，以"明日黄花蝶也愁"歌之。

綽約玉爲肌，宫額嬌黄淺更宜。京洛風塵無遠韻，心期。只有多情驛使知。　翠羽翦春衣，林下風神固亦奇。辛苦半生誰掛齒，顰眉。似怨東

① 并引，文淵閣本作"贈妓并引"。

君著子遲。

醉落魄 嘆世

百年旋磨，等閒事，莫教眉鎖。功名畫餅相謾我，冷暖人情，都在這些箇。　璠璵不怕經三火，蓮花未信淤泥涴。而今笑看浮生破，禪榻茶煙，隨分與他過。

一剪梅 蔡州作

懸瓠城高百尺樓，荒煙村落，疏雨汀洲。天涯南去更無州，坐看兒童，蠻語吴謳。　過盡賓鴻過盡秋，歸期杳杳，歸計悠悠。欄干凭遍不勝愁，汝水多情，却解東流。

漁家傲 夫人生朝

前日河梁修禊罷，閒庭未拆秋千架。萱草堂深飛壽斝，香滿把，綵衣蘭玉森如畫。　海上麻姑親命駕，玄霜乞得宜春夏。快約伯鸞冠早掛，筠牕下，團欒共説無生話。

同　前 瑞香

巖秀不隨桃李伴,國香未許幽蘭換。小睡最宜醒鼻觀,簷月轉,紫雲娘擁青羅扇。　半世廬山清夢斷,天涯邂逅春風面。茗椀不來羞自薦,空戀戀,野芹炙背誰能獻。

踏莎行 元旦

爆竹庭前,樹桃門右,香湯浴罷五更後。高燒銀燭,瑞煙噴金獸,萱堂次第了,相爲壽。　改歲宜新,應時納祐。從今諸事、願勝如舊。人生强健,喜一年入手。休辭最後飲,酴酥酒。

感皇恩 謾興

天地一浮萍,人生如寄。畫餅功名竟何益,百年渾醉,三萬六千而已。過了一日也,無一日。　韶顔暗改,良辰易失。絲竹盃盤但隨意,酴醾賞罷,更向牡丹叢裹。戴花連夜飲,花前睡。

同　前 有贈①

寶髻綰雙螺，蹙金羅抹。紅袖珍珠臂韝匝，十三絃上，小小剥葱銀甲，陽關三疊遍，花十八。　鴈行歷歷，鶯聲恰恰。洗盡歌腔舊謳啞，坐中狂客，不覺琉璃杯滑。纏頭莫惜與，金釵插。

望月婆羅門 懷古

笑談罇俎，坐中驚歎謫仙人。烏絲落筆如神，喚起小鬟風味，學按古陽春。對瓊枝璧月，朝暮長新。　宦萍此身，嘆別後、迹俱陳。獨有芳温一念，紅淚羅巾。憑誰妙手，爲寫寄、崔徽一幅真。聊慰我、老眼黄塵。

同　前 元夕

小寒料峭，一番春意换年芳。蛾兒雪柳風光，開盡星橋鐵鎖，平地瀉銀潢。記當時行樂，年少如狂。　宦遊異鄉，對節物、只堪傷。冷落譙樓淡月，燕寢餘香。快呼伯雅，要洗我、窮愁九曲腸。休更問、勳業行藏。

---

① 有贈，文淵閣本作“贈妓”。

驀山溪 退食感懷

山城塊坐，空弔朋儕影。撾鼓放衙休，悄無人、日長門静。折腰五斗，所得不償勞，松暗老，菊都荒，誰爲開三徑。　及瓜不代，歸計渾無定。羈客奈愁何，儘消除、詩魔酒聖。兒童蠻語，生怕閏黄楊，争左角，夢南柯，萬事從今省。

洞仙歌 自爲壽

先生老矣，飽閲人間世，磨衲簪纓等游戲。趁餘生强健、好賦歸與，收拾箇，經卷藥爐活計。　辟寒金翦碎，漉蟻浮香，恰近重陽好天氣。有荆釵舉案、綵服兒嬉，隨分地、且貴人生適意。也不願、堆金數中書，願歲歲今朝，對花沈醉。

水調歌頭 上南京留守

聖世賢公子，符節鎮名邦。褰帷一見丰表，無語已心降。永日風流高會，佳夕文字清歡，香霧濕蘭釭。四座皆豪逸，一飲百空缸。　指呼間，談笑裏，鎮淮江。平安千里烽燧，卧聽報雲牕。高帝無憂西顧，姬公累接東征，勳業世無雙。行捧紫泥詔，歸擁碧油幢。

同　前 木芙蓉并引

戊申季秋月十有九日，賞芙蓉于汝南佑德觀。酒酣，爲賦“明月幾時有”，蓋暮年遊宦之情不能已也。

岸柳飄疏翠，籬菊減幽香。蝶愁蜂懶無賴，冷落過重陽。應爲百花開盡，天公著意留與，尤物殿秋光。霽月炯疏影，晨露浥紅妝。　奈無情，風共雨，送新霜。嫁晚還驚衰早，容易度年芳。祗恐韶顔難駐，擬倩丹青寫照，誰喚劍南昌。我亦傷流落，老淚不成行。

紅袖扶 酌酒　案：此調《詞律》不收，蓋寂自度曲。

風拂冰簷，鎮犀動、翠簾珠箔。祕壺暖，宫黄破萼。寶薰閒却。玻瓈甕頭，漉雪擘新橙，秀色浮杯杓。雙蛾小，驪珠一串，梁塵驚落。　俗事何時了，便可束置之高閣。笑半紙功名，何物被人拘縛。青春等閒背我，趁良時，莫惜追行樂。玉山倒，從教喚起，紅袖扶著。

大江東去 弔舍弟

長堤千里，過睢陽，隱約江山如故。憶昔斑衣爲壽日，伯仲塤篪歌舞。博勝香囊，笑争瓜葛，膝上王文度。西城南浦，月明扶醉歸路。　重來華髮蒼顔，故人應怪我，平生羈旅。仲也風流今已矣，俯仰人間今古。闕伯層臺,六王雙廟,盡是經行處。感時懷舊,一襟清淚如雨。

同　前 美人

破瓜年紀,黛螺垂雙髻,珍珠羅抹。婭姹吴音嬌滴滴,風裏啼鶯聲怯。飛燕精神,驚鴻標致,初按梁州徹。舞裙微褪,汗香融透春雪。　少陵詞客多情,當年曾爛賞,湖州風月。自恨尋春來已暮,子滿芳枝空結。湘珮輕拋,韓香偷許,空想凌波韈。章臺楊柳,可堪容易攀折。

同　前

芳姿蕙態,笑人閒脂粉,尋常紅白。大抵風流天也惜,賦與梅魂蘭魄。袁相名姝,謝家尤物,縹緲真仙格。朝來酒惡,可人一笑冰釋。　韓郎老矣情懷,鬢絲禪榻,花落茶煙濕。心字慇懃通一線,千劫消磨不得。被底春温,樽前風味,回首傷春客。却愁雲散,等閒好夢難覓。

瑞鶴仙 上高節度壽

轅門初射戟。看氣壓群雄,虹飛千尺。青雲試長翮。擁牙旗金甲,掀髯横策。威行蠻貊。令萬卒、縱横坐畫。蕩淮夷、獻凱歸來,斗印命之方伯。　赫赫。功名天壤,歷事三朝,許身忠赤。寒陂湛碧。容卿輩,幾千百。看皇家圖舊,紫泥催去,莫忘樽前老客。願年年、滿把黄花,壽君大白。

卷　五

表

謝帶笏表

言綸迅召，已驚不次之恩；手版俄頒，更辱非常之賜。式祗承于帝眷，果悚動于朝班中謝。伏念臣去國五年，挈家萬里，自謂永捐于溝壑，豈期再造于闕庭。重惜殘年，特加異數。清談廢事，肯將拄漫吏之頤；老氣未除，猶足擊姦賊之齒。玆蓋伏遇皇帝陛下，德以增新，人惟求舊。世宗饗國，臣常叨預于諫員；顯考上仙，臣亦經營于葬事。慚無服稱，猥荷恩私，臣敢不正以垂紳，書而對命。奉公竭力，爰用贊于君前；抗疏乞骸，即願還于陛下。

夢賜帶笏，上表稱謝，覺而思之，得其五六，因補其遺忘云

爲貧而仕，素慚四壁之空；得寵若驚，猥被萬錢之賜。撫躬知愧，感

泣[1]何言。伏念臣捕驪得鱗，畫蛇成足，嗟當途之見嫉，投絶徼以可憐。蓋爲容無蟠木之先，甘後來居積薪之上，豈其衰朽，有此遭逢。丹赤捫心，無負孝先之經腹；重黄奪目，不堪沈約之詩腰。兹蓋伏遇皇帝陛下，力援孤蹤，甄收舊物，念群言交搆，擠臣于不測之淵；惟獨斷至公，起臣于久廢之地。哀其老態，獎以異恩。臣敢不佩魚自警以不眠，解貂無從于彝飲。垂紳畫策，贊股肱庶事之康；搢笏稱觴，報岡陵萬年之福。

牒

僧尼度牒

右伏以聖時遭際，梵教宏揚，方治具之畢張，宜法輪之常轉。以爾拈花授記，剗草逢師，既得度以比丘，身當求證于菩提果。護持戒體，精進道心，往憑香火之因緣，增祝君王之壽算。

道士女冠度牒

範圍至道，衣被含生，太和薰靈寶慧香，多暇適希夷真境。以爾脱離世網，攀慕仙梯，諷蘂笈之玄文，佩金壇之秘籙。損之又損，優游踐黄老之言；純乎其純，清浄贊唐虞之治。

① 泣，文淵閣本作“涕”。

記

寶塔山龜鏡寺記

直遵化之南餘一舍，有山壁立而秀者，蓮峰也。求之圖志，不知其所本。里俗舊云，以其諸峰環列，狀若浮蓮，或謂山有蓮池，而因以名焉。

遼大安八年，祐國寺僧傳戒上人普鑒，厥初往來山間，駐錫泉上，得遺址宛然，意其可作道場，即巖穴而屋之，糠覈襏襫，奉持頭陀行，甚苦。歲餘，遠近緇素，從者如歸。師知願力可成，迺作意以新之。已而輸財獻力相望于路者，惟恐其後。如此且閱數年，荊棘蒿萊，化成金碧。初謂之蓮華院。先是，山巔時見大窣堵波，觀者無不震駭。又歲適大旱，父老相率禱雨于池上，輒應。報謝之夕，池有神龜負大金鏡而出，移刻不没。俯而窺之，隱莫得見。寶塔龜鏡之名，蓋始于此矣。天會間，寺嘗爲劇盜所據。火其居，逐其人，蕪廢殆盡。演秘大德義秉及其徒澄輝，始終相繼，增完如故。

昔吾先君與輝爲方外交，輝求文爲記，固不可以不書。予非喜志怪者。靈蹤秘跡，皆質于傳戒之塔銘與義熙之石刻。然石刻所載脱略，多不可取。以予攷之，義熙蓋東晉安帝時也，距今垂千載。風蝕雨蠹，石當斷裂無幾。方是時，此地亦非晉有，不知從何而致此耶。寺僧上首道臻云："老宿相承寺基之日，是碑與石、羅漢像三，皆發地而得之，豈非聖賢豫設，神物護持，出有其時，若合符契，顧未持一蔽之論而爲亡是哉？"予應之曰："果如子言，則吉州發蒙之銀罌，武昌寒溪之金像，是皆出耳目之外，非世智可[1]量。其然乎，其不然乎，吾不得而知也。"寺去廣遠途三里而近，遊人供客且無攀緣杖履之勞。至于登臨顧揖，則晨霏夕靄，暖翠晴嵐，盡東南之勝于俯仰之間，實古今佳處。所謂蓮池者，恨不復見。詢及耆舊，得瘂僧興悟者，年幾八十，自言兒童時注瓶滌鉢，每于是焉。其泉出西巖兩石股間，蓄之爲池。縱横廣三丈，甘冷清澈。飲衆五百，日用足而不加少。其後不知其爲誰實而基之，築屋其上。少南數步，今猶有遺井存焉，深不及丈，審知其源不遠耳。

夫物之成敗相尋，固自有數。雖然，未有不因人而廢興者也。噫！池廢之久矣，安知他日無長材好事者，撤屋廢基，浚而出之，使復舊觀。是人必能懸折脚木牀，待我于西池之上，酌泉瀹茗，共話無生。吾雖老矣，尚堪作後記云。

大定十八年歲次戊戌春正十有八日，起復朝請大夫、真定少尹兼河北西路兵馬副都總管王某記。

祁縣重修延祥觀記

唐柳州有言曰："賢者之興，愚者之廢，廢而復之爲是，習而循之爲非。"此古今之通論。然而賢者之興，未有不因時而成者也。

延祥觀介祁之西郭，故基蓋里豪之私第也。宣、政間，其家有瞰其室者，託形聲而下殃禍焉。師巫更召，殫術罔功。歲久，疾病死亡，惟家之索。其後轉易數姓，亦莫得安，以故曠而弗居者，有年數矣。初，里中賢士大夫及其耆舊相與謀曰："吾鄉祁奚故邑，世有名人，如漢隱士王烈、魏忠臣王陵、晉温恭之六龍、唐温嵩之高節，其遺風餘烈，凜凜如在也。故吾俗

① 可，文淵閣本作"所"。

近古以來，務本樂善以尚施。凡神祠佛剎，康莊相望，若弈碁然，獨老氏不壇不宇，無乃大闕歟？我輩豈不能新以數畝之宫，付有道者主之，歲時建立道場，爲民禳禬，俾一方陰受其賜，豈小補也哉！”聽者皆曰：“可。”即以胥其姓、福其名者總尸其事。卜日募民錢，以市西郭之廢宅。議者或謂有物所憑，不可以擾。胥應之曰：“諸君止知其一，又焉知天將以此爲福地，前以神物護持耳？”于是疑論冰釋，識者韙之。

初作中殿，凡五楹八架，銖積寸累，數歲而後僅成。自餘枝傾補罅，力所不贍而已，豈所謂行百里者半九十里乎？會銅鞮道士傅道一與其輩二三，以術遊其邑，咸謂傅之才謀足以興辦，繇是挽留。惜乎願與時違，後來共事者枘鑿有不合，竟以無功去矣。自是益難其人，蕪廢久之。

後數歲，得清虚大師程履道者，其爲人渾厚，德望隱然，并汾千里間，推以爲宗門主盟者。其始至則齋厨屢空，從者不堪其憂，師澹然自若也。未幾，或有以改作之説告者，師曰：“未遑也。吾今父餬其鄰，子匄于市，中外道俗，薰知見香者無幾，雖欲速成，其可得耶？”告者謝以不敏。居數月，晨夕鐘磬，殷殷roadside紘紘。無何，術相冰炭者，種種訾詆。又未嘗聞道者，或群聚而大笑之，門弟子合辭而進曰：“彼無根之毁，鼓倡流俗，自非高明特達，疑信相半矣。師其聞而知之歟？是不可不與之辨。”答曰：“蟪蛄不知春秋，醯雞斷無天地，顧彼何足以語道哉！但當壁立千仞，不與之校，終必沮而已矣。”既而信然。越明年，風教大振，景仰傾數州。至于聽衆供客相望于道路，惟恐其後。曏之訾詆聚笑者，往往投身謝過，師亦歡如平生，一不之責。間而師謂其徒曰：“吾志可行矣。”翼日，大集四衆而諭之曰：“今庳屋數椽，瓦敗木朽，每大風雨，疑將壓焉。久欲易以新完，未知其可也。”于時異口同音，一唱百和。規模之始，遠近駢集，凡輸財薦貨、委積于庭下者，不可選紀。里閈貧民，負木輂土，或終夜不休。又得門人鄉社股肱其事，遂濟登兹。始作之歲月，皆不得而知也。復興于正隆庚辰之春，訖功于大定丁亥之秋。已而,狀其成以告,有司額之曰“延祥觀”。

昔予爲邑,嘗與程爲方外游,簿書少隙,輒一過焉。方是時,棟宇攲傾,屋煤蛛網,不克以居,視其後,頹垣斷塹,榛棘出入,適足爲毚囿蛇藪耳。程指以語予曰:“吾將闢此以宫之。雖然,其成也不敢以獨有,必求力行吾道、能爲人講解者,坐南向師焉。果如是干,公其爲我記之。”予特戲曰:“姑勉旃,吾毋難矣。”蓋口雖唯唯,而心未之然也。自爾逐食南北,十有六年。一日,道人閻子固踵門求見,問其人,蓋升程之堂者也,且泣且言:“曩吾師所欲營辦者,蚤以告成。師今羽化矣。適此來之也,祁人相送于路,皆願得公之文以列其事。吾師死而不亡者此也,幸毋忽。”予迂儒,文非所長,重以故人之託,言猶在耳,義不得辭。

嗚呼!程于其徒可謂賢也已,初能鼓舞以得民財,卒又濟之,以不私功與行,是可紀也。東坡先生嘗謂:“論事易,作事難;作事易,成事難。”夫論而作之,作而成之,程其殆庶乎!予爲祁三年,樂其土風信厚,將去不忍。聞祁之父老伐石久矣,必欲得予文以刻之,是亦莫予厭也。予今白首流浪,方求田問舍,期歸老于祁焉。則是觀之風軒月圃,皆爲予杖屨[1]所有,其可不留語以爲異時張本耶?迺摭其始末,而併書之,以告來者。

大定十九年歲次己亥五月二十有五日,起復朝請大夫、通州刺史兼知軍事王元老記。

三友軒記

大定歲丙午冬仲月,予繇侍從出守汝南。既視事之明年,即州之北,得敗屋數楹,旁穿上漏,不庇風雨。迺命枝傾補罅,仍其舊而新之,公餘吏

① 屨,文淵閣本作“履”。

退，以爲燕息之所。兩簷之外，左有笋石，屹然而筆卓；右有仙榆，蔚然而蓋偃。每佳夕勝日，予幅巾杖屨，徜徉乎其間。至于倚蒼壁而送飛鴻，藉清陰而游夢蝶，方其自得于言意之表也，心如堅石，形如槁木，陶陶然不知何者爲我，何者爲物，其爲樂可勝計耶？予自是與木石有忘年莫逆之歡，因榜其軒曰"三友"。

客有過而問焉，曰："竊聞吾子杜門屏迹，交親解散，其所友者誰歟？"予指以告。客仰而歎，俯而笑，曰："曩吾以子爲達，今子之鄙至此乎！所謂笋石者，鱗皴枯燥，不任斤鑿，此固無用之石也。所謂仙榆者，離奇卷曲，不中規矩，此①亦不材之木也。人且賤而棄之，曾不一顧，子惡取而獨友于是哉？"予曰："噫！若知其一，未知其二。向有牛奇章之嘉石，錢吴越之大樹，則第以甲乙，衣以錦繡矣。予雖欲友，其可得乎？今以予謬人，與夫頑石散木，皆絶意于世，而世亦無所事焉，此其所以爲友也。夫人情之嗜好，固不在乎尤物，而在乎適意而已。然必先得之于心，而後寓之于物，故無物不可爲樂。如謝康樂之山水，陶彭澤之琴酒，嵇康之鍛，阮孚之屐，雖其所寓不同，亦各適其適也。子意以爲何如？"客曰："是則然矣，奈何木石無情，奚足以知子之區區如此？"予曰："不然，人之遇物，但患不誠。果能以誠，則生公之石，可以點頭；老獒之松，亦能回指。幸無忽。"

客愧予言，茫然自失，宜其有會于心者，迺相顧一笑而去。予因以是言而刻諸石。實丁未夏四月望日，三槐王元老記。

瑞葵堂記

沃爲河朔名郡，而臨城其輔邑也。臨城本房子之故地，由兩漢晉唐以

① 此，文淵閣本作"是"。

來，通以子男之職治之。自天寶改元而後，始有今名。按其圖，古縣治去瞽皇山西南六十里，濟水所出，東至麐陶，入于泜，故溪山勝槩，人物繁阜，視他邑不爲下。然頃年多盜，晝夕有桴鼓之警，部使者督責有司，救過不暇。黠胥悍卒，因緣爲姦，以至逋租匿役，民罔克堪。故吏之當臨城者，往往畏避如探湯。

然遼陽王君安中來尉是邑，至則引見耆舊，問弊所先，僉曰："吾鄉本無事，歲苦官兵，以擒賊爲名，其實擾之。"王君天材精敏，夙有志于行道，迺相與謀諸同事曰："蕞爾國，夫有民人焉，有社稷焉，王事均也，吾輩豈可坐視斯民爲豺狼魚肉乎？"于是逐乾没，擊强梁，凡細民爲盜攀牽罣誤者，悉澡雪而撫存之。未幾，暴客相率以去，闔境恬然。昔時田里愁痛之聲，化爲歌詠，民氣以和。越明年，燕居之側，丹葵數種，異本而同枝，狀如駢拇，及其末也，分而爲雙，花竝秀如紅玉連理。翼日，黄童白叟聚觀歎息，舉欣欣焉相告曰："我公憂民，遑遑如不飲食，宜如此其報也。"已而壽酒于堂，且揭其額而書之曰"瑞葵"。

客有自臨城來者，目擊其事，具以王君懇力請于予曰："是事固不足道，然亦一段奇也。管城子、楮先生幸無恙，謾爲我記之。"予應之曰："是大不然。昔唐咸寧王尹蒲之七年，木連理生于河東，昌黎先生頌其德。宋晉陵邵叶宰新昌之三月，芝五色生于便舍，山谷道人紀其實。彼草木何知，猶能託循吏之功名，藉鉅公題品，卒表見于後世。豈臨城之葵，不及河東之木與新昌之芝乎？所恨不遇才名如退之、魯直者，不使王君之名與天壤俱矣。夫天時人事之際，其實甚明，然必有可致而致之。況神奇之産，豈偶然哉？予意其造物者，不特爲惠政和風[①]之徵，亦有以見傾心向日之義也。或謂王君有濟時之具，久沈下僚，豈明月夜光，無先容而不能前者耶？抑窮通有數，時不至而不可强者耶？雖然，以若所爲，決非翱翔蓬蒿

① 風，文淵閣本作"氣"。

者，吾子其勉旃。要當鴻漸于此，而羽儀天朝矣。”迺兄建中問學，仁義暴白于天下，與予莫逆，于今餘三十年，終始如一。觀其兄可知其弟之爲人，故敢期以遠者大者。

嗚呼，凡百有官君子，莅民從政，不可以不誠。孟子所謂“至誠而不動者，未之有也；不誠，而未有能動者”。如王君，其可謂至誠也已。此予所以樂爲之書以告來者，庶幾咸有王君之志，則邑民之福，其可既乎？

卷　六

序

贈日者李子明序

《易》有君子之道四焉，而卜筮其一也。古之避世者，或多卜隱，則司馬季主、嚴君平其人矣。初不以區區小數驚動世俗，意欲使逆知禍福、畏辠趨善而已。今之日者，行衢坐肆，紛紛如蝟毛。然而言信而有徵者亡幾，大抵市道以急衣食之計，所以馳騁穿鑿，牽合詭誕，無所不至。所謂君子之道者，吾不得而見之矣。遂人李子明，得樂五虎之遺法，又能以五行、十干、奇偶成字，吉凶否泰，必以忠告，嘗爲予筮之，屢中。諺云"老醫少卜"，若方富于年，但當于古人用心處以期益進，則季主、君平安知不復見于今日也。予頃以使事往來保遂間，渠從予乞言懇甚，故以此遺之。大定壬寅臘前一日，拙軒主人王元老書。

送故吏張弼序

大定改元之再歲，予爲縣于太原之祁。時邊烽未息，千里轉輸，予以朝命從事于四方。邑吏弼者，嘗預其行。弼天資畏慎，義不爲乾没，予繇是推置腹心，初不以群吏處之，以至險阻艱難無不同者。今予之去祁二十有四年，中間音書訊問，執敬如初。及予自從官出蔡守，弼又能不遠數千里，跋涉畏塗，踵門過我。予驚聞其來，倒衣以迎，話舊通夕，恍如夢寐。蓋留幾月而後去，臨行乞言，意眷眷似不能已者。予雖欲無言，得乎？夫吏之所習，詭道也。或桀黠尤甚者，揣不言之意，伺欲動之色，推輕重，矯枉直，必利而後已。爾奚獨反是，得非好學聞義理使之然哉？雖然，求之此途，亦未多得，以始終之際，殆不减明遠。所愧予名位不及古人，不使爾名暴白于當世，託以不朽。姑于其行也，序以爲贈云。

曲全子詩集序

曲全子，予之母弟也。少穎悟，天資孝友。以予有十年之長，兒時嘗受經于予，故事予猶師也。性坦率，與人略無崖岸。當酒酣耳熱，視世間富貴兒皆卧之百尺樓下。然不喜場屋之學，人或勉之，笑而答曰："吾兄已世其家，吾親已享其禄，吾事濟矣。誰能踽踽從原夫輩覓官耶？"識者以爲達。平居季孟間，把酒賦詩，對牀聽雨，眷眷然不忍舍去。當是時，吾二親康健，歲時上壽，斑衣羅拜，里人榮之，指以爲慶門，故牓其堂曰"雙橘"。一時名卿大夫士争相歌詠其事。自爾洊罹憂患，生寡食衆，貧不能生，兄弟狼狽，餬口于四方。渠亦僶俛赴調，得監亳州酤，意愈不樂，自是日飲，無何，似與世相忘者。未幾疾作，竟不起。平生所爲詩，無慮數百篇。既没之後，而二子方啼笑梨栗，豈知乃父之遺文當真賞深藏，以保于不朽哉？已而旅櫬北歸，予屢索于殘編斷藁中，了不可得。以是予與季弟每興言及此，輒聲與涕俱出，蓋痛其不復見矣。况九原之恨，其能已乎！大定己酉，予被命提點遼東等路刑獄事。閲再歲，會以公集飯素于大清安禪寺，偶于稠人中得故人李仲佐，握臂道舊。且復謂予曰："元輔不幸，今十年矣！念一死一生之際，未能忘情。時令人誦曲全子集製，如對晤語。"予驚聞其説，懇請一見。既而得之，長篇短章凡四十有七，惜乎所得之不多也。雖然，嘗一臠，鼎味知矣，奚以多爲？吾弟名宷，字元輔，曲全子蓋道號云。明昌改元之明年春正月中澣日，兄元老序。

帖　啟

與文伯起帖二首

某啟伯起足下：去歲竊食趙郡，略當南北之衝，蔡下舊人往來如織，時蒙惠教，少慰懸懸。某舊年嘗見中山王昭老，稱頌伯起高才博學，恨未能識。韶濩純音，思欲趨前飽聽而不可得，其傾想向慕爲何如哉！丙午冬，某自地官出守蔡州，終日兀然，如坐井底，閉門却掃，謝絶交親。分爲凍蟄枯柟，無復有飛榮之望，其況可知。會足下自潁汝歸，袖刺踵門，修桑梓之敬，某亦喜聞其來，倒衣出迎，都不省屐齒之折也。已而握臂促膝，説有談空，至領會將無同處，了不知賓主誰何，顧此樂豈可與俗兒語耶？某自改官，餘人例皆旅退，獨足下與鄭秀才相陪信宿。翼日解攜，靳靳不忍訣去，此情未易忘也。所需《重陽牡丹詩》并《真定有春庵記》，併録附呈，可發千里一笑。偶緣承乏出使遼，鱗沈羽斷，時閲足下詩文，拊卷三歎，如對晤語。汝南最得春先，寒温未一，尤宜以道自重。

適承告墨，具審勿藥有期，良多欣慰。汝、蔡相去千里，而近力疾道路間，可量艱苦。腦疽作發，大概服餌金石，或祖父常嬰此疾，傳之遺體。自餘出于不意者，又非常理可度，當付儻來也。某家藏秘方，自宋日名公士大夫，累取大效，近歲親舊凡患腦背瘡者，亦嘗用之，多得平復。今如法修合，謹封送大劑及録本方，併希檢入。

書 後

書金剛經後

先大夫歸德君，夙植善根，奉佛謹甚。年二十七登第後，日誦《金剛經》至春秋八十有三，中間雖大寒暑風雨不廢也。易簀之際，澡浴振衣，置經于首，合手加額，跏趺以終，香聞滿室，信宿乃滅，人以謂①戒定之報。某追念考妣去世久矣，無以伸罔極之痛，乃啟誠心，手書金銀字《金剛經》，受持誦讀②。以餘散施，諸善知識歡喜奉行，成就第一希有之法，庶可感通佛祖，升濟幽明，一切有情，同霑勝利。先有發願疏文，亦恐久之湮滅，今併附于卷末云。明昌改元之明年十月旦日，拙軒主人王某敬題。

伏以磨骨髓遶須彌頂，猶難報四重恩；舍身命等恒河沙，未如生一念信。輒伸宏願，仰叩真乘。書《金剛般若波羅蜜經》，行菩薩利益不住相布施。即將功德追薦先靈，往生兜率。陁天授記，然燈佛所。在在處處，起不驚不怖不畏心；世世生生，獲無量無數無邊福。欽惟大覺證明。謹疏。

① 謂，文淵閣本作"爲"。

② 誦讀，文淵閣本作"讀誦"。

題楊少師侍御帖後

楊少師勸其父不以社稷與人，此與魯公拒安禄山、斥李希烈何異？故其書雖承唐末五季餘習，猶有承平純正氣象。此《侍御帖》乃有魯公《座位帖》筆法。論書當論其人，工拙不足論也，況其工如是耶？

題三仙帖後

潁濱書如仲長子光懷道，遁世光而不耀；東坡書如魏鄭公之遺直，嫵媚可愛；山谷書如莊周談大方，不可端倪。總而論之，如華嶽三峰，蓮峰中峙，二峰旁逝，秀色無可減也。使當時愛之如今日，又安有汝南之謫耶？

祭 文

祭城隍文

維年月日，具位某，謹以香酒茶果之奠，致祭于城隍之神。維神受命于天，分職兹土，限幽明之雖異，課殿最以實同。今日祗奉絲綸，繕修城郭，敢期陰相，迄用有成，豈惟吏責之可逃，要使廟食之無愧。尚饗。

行 狀

先君行狀

先君諱礎，字鎮之，姓王氏，大名莘人也。其先出于周靈王太子晉之後。由先君而上，六世祖諱晝，宋魏國文正公旦之從弟也。初，文正之父晉公，歷顯漢周，逮建隆、開寶間，卒以直道不容，不登大用。嘗手植三槐于庭，曰："吾後世子孫，必有爲公者。"至文正信然，故世號其門曰"三槐王氏"。晝爲人勇果，善騎射。咸平初，以靈夏之役，累功遷供備庫使。景德中，命率所領戍雄州，以禦契丹。是時鳴鏑滿郊，每戰輒勝。一日，輕兵追北，夜陰霾，迷所向，誤墮溺津，爲遼人邏得之，羈縻于景州南部落，子孫因家焉。曾大父文進，輕財樂施，世稱長者。大父昇，尚書比部員外郎。父臣忠，崇禄寺丞、成州録事參軍，卒贈朝列大夫。

先君年二十七舉進士第，釋褐補弘文館校書郎，奉聖州市判，再調忻州秀容縣丞。時天會五年，王師南伐，調發民兵，本部以先君主之，進攻唐、鄧。城陷，軍中盡俘壯健而殺老弱，先君獨取其老弱者數百，朝與之食，夜即縱去。明年凱旋。時州境有劇盜高麻胡，恃險與衆，鴟張莫制。先君伺間，夜銜枚，破壘，掩殺渠魁，遲明，俘馘殆盡。郡以狀聞，就遷太子洗馬，知縣事。俄以成州居喪去職，服除，攝洺州雞澤令。會遼東更置郡縣，守令皆取當時治有聲迹者，先君擢海州析木令。既至，則不以窮鄉僻陋鄙夷其民，而百事裁以繩墨，數月告治。舊俗多畜蠱，毒殺人以祈富，先君爲出秘方，轉相傳付，所活不可勝計。歲滿，移知真定府平山縣。縣有奚兵主將蕭嘉哩合，私釀酒椎牛，間遣奴輩白晝漁奪于市。前爲邑者，熟視强梗者莫敢治。先君盡發其姦贓，捕奴之用事者，案服抵罪。自是脅肩累足，訖去不敢犯。已而，赴行臺，吏部當王植、王效輩分職銓衡，一見先君，喜甚，曰："田吏部知公廉士，久欲改官，當從此著鞭矣。"先君辭以疾，授定州唐縣令。先君退謂所知曰："田侯疾惡太甚，怨隙已成，其能免乎？"未幾，果起大獄。唐爲山中望縣，然學校之廢已久，先君慨然歎曰："養士之源，發于鄉黨。今吾邑曠數十年，訖無一人得雋于場屋。是豈風厲之不至耶？"迺大新廟學，延集諸生，親爲指授，檢責其日課，自爾獻賦、策名者相繼。先是，鄰封有狂道士姓慕者，妄憑神語，陰搆異圖。既而事敗，先君承府檄大索支黨，乃獨捕其始事十數人，餘置而不問。或有持社案名氏以告者，先君曰："是事了無干涉。"亟命火去。父老至今懷德，肖像以祠。

其後歷中西南京、平陽、京兆轉運判官。往任西京歲，平薊大饑，逐食之民，疾疫死亡，相藉于路。先君謀及僚屬，爲割廩餘，日具饘粥，以食餓人。既而，豪宗大姓爭出粟相助，賴以全活者十七八。先君雅倦游，方抗章求去，適會命下，遷歸德府判官。時府帥怙權專恣，遇官曹暴甚，嘗課諸縣伐冰，厚取其直，以資公帑。先君曰："二千石爲天子牧民者也，奈何掠民膚髓爲觴豆之奉乎？"力爭乃罷。初，自長吏而下皆不悦，及旁郡有坐是而黜者，始謂先君曰："微公，幾殆。"繇是信服，事多咨決。先君曰："吾年如此，豈能終埋没于簿領哉？"翼日請老以歸。

先君天資渾厚，胸次洞然，與人無秋毫隱。自其壯歲，聲聞藹然，謂青雲立可致。無何跋疐，反墮冗調中，顧尋常出其下者，踵相躡臺省矣。人以爲必不能平，先君處之，怡然自得。性嗜書卷，未嘗去手，有詩百篇，平淡簡古，如其爲人。中年以來，世味嚼蠟，因自號"退翁"。喜竺乾學，從香林比丘悟柔傳出世法。歲晚，飯蔬衣褐，翛然如僧。過故山泉石佳處，杖屨終日，徜徉乎其間，如是者十有四年。一夕，奄遘微疾，閲數日，晨起如平時，沐浴易服，跏趺而逝。屬纊之後，香聞滿室，信宿乃歇，人皆異之。

壽八十二，實大定丁酉四月初一日也。

先君仕四十三年，積官至通奉大夫。夫人清河張氏，汾州西河主簿孝端之女。夫人有賢行，爲中外姻族表儀，累封太原郡夫人，後先君五年卒。男三人：曰寂，中憲大夫、中都副留守兼本路兵馬副都總管；曰寀，修武校尉，蚤世；曰缺，進義副尉、同監睢州酒。孫男七人：曰欽哉、直哉、良哉、鄰哉、庸哉、文哉、熙哉。女孫五：曰昭余，適左國公孫茂；曰瑶珍、瓊珍、弄珍、勝珍，竝幼。曾孫一：曰詰孫。不肖孤寂等，期以某月日奉先大夫、先夫人喪，葬薊州遵化縣仁壽鄉靈應山之東原，從治命也。今謹録其遺事大槩，以俟立言君子，圖不朽焉。謹狀。又先君墓銘曰：

維盤之東，全燕古風。淑氣充塞，挺生我公。厥初受氏，周靈王子。三槐之大，自文正始。公廉且明，所莅有聲。減牘破蠱，死者復生。不肯俛首，寧居牛後。惜哉陸沈，誰援以手。有官建節，不爲之衰。身體强健，年及期頤。乘除得失，天意可知。棺衾既具，銘旌啟路。斂服以常，治命有素。納石于壙，孝心永慕。夜何晨兮閉佳城，春復秋兮風宰樹。鉅金之大老兮，王公之墓。

墓誌銘

清河張氏夫人墓誌銘

夫人諱某，字季玉，姓張氏，易人也。其曾祖之上數世，皆以貲産長雄于鄉里。然高氣義，務施舍，人以此多之。大王父諱孝端，主汾州西河簿。王考价，宋宣和間補祕書省祕書郎、景州户曹掾，本朝改奉信校尉，隱居以終。夫人年十四，歸于今中都副留守王寂。夫人性敏而静，恭執婦道，閨門肅然，言動有法。實生二男：曰欽哉，業進士；曰直哉，供奉班祇候。女昭余，適左國公孫茂。年三十有五，以大定六年十月十八日卒。後五年，進封太原縣君。大定二十二年七月十七日，葬于遵化縣靈應山之東原，從舅姑兆。銘曰：

夫人之祖，長雄且豪。尚義好施，人以此高。夫人之性，惠敏而静。閨門之間，曰嚴與敬。夫人之壽，方七十半。天乎天乎，孰謂福善。婦德既完，婦道可觀。從舅姑兆，魂其永安。

哀詞

姚君哀詞

昔吾先君所與交游，皆當世名士，寂時尚幼，每聞談姚君之美，殆不容口。正隆改元之明年，寂始識君，款接緒餘，過所聞遠矣。公諱孝錫，字仲純，安豐人也。宋宣和甲辰舉進士第，調代州兵曹。彈冠振衣，方有志于行道。居亡何，鴈門失守，主將以城降。當時官屬，晝夕股栗，謀所以生，公投牀大鼾，絶不以經意。人或問之，公曰："死生，天也。夫何懼之有？"士大夫以此多之。皇朝奄有，起公爲五臺主簿。未幾移疾，蓋不復有意于世矣。林泉佳處，杖屨時一徜徉乎其間，如是者五十七年。大定辛丑八月日，以疾終，春秋八十有三。先是歲饑，物價翔踴，長鬚輩收貸粟以規其利。公怒而責之，曰："汝輩無狀，苟家有餓殍，雖有粟，吾得而食諸？"亟命散去，繇是益稱長者。公天資簡淡，平居專以書史自娱，雖處暗室，無秋毫之欺。以至死生禍福，不汩于胸中，況顧富貴爲何等物也。平生知我，無如公者。公之云亡，寂適從事于四方，繼丁家難，不得置生芻于門下，負媿多矣。嗚呼，九原冥寞，念無以致其哀者，作此詞以哭之。其詞曰：

公之父祖，珥漢貂兮。公之兄弟，揭世標兮。丁年射策，追董晁兮。走官窮塞，政有條兮。宣和失馭，九鼎揺兮。厥民塗炭，生不聊兮。守臣納土，皆願朝兮。公獨完節，儆乃僚兮。中天特立，斡斗杓兮。致之不可，況折腰兮。退安丘壑，躬牧樵兮。西子掃除，嫫母妖兮。龍媒連蹇，駑馬驕兮。英聲義氣，江漢潮兮。文章德業，日月昭兮。初聞謦欬，如九韶兮。坐覺形穢，鄙吝消兮。醉軒下榻，晝爾宵兮。峰山執别，歲月遼兮。宦游南北，木偶漂兮。期君壽考，松不凋兮。無何集舍，鵩似鴞兮。少微中夜，掩紫霄兮。百年如夢，鹿覆蕉兮。六十小劫，風雨飄兮。滕公載義，駐使軺兮。黄幡裹櫬，恨未消兮。與公平生，言久要兮。竝游地下，廉藺超兮。佳城一閉，無復朝兮。人琴俱亡，誰與調兮。山空月冷，夜寥寥兮。鳥啼花落，春蕭蕭兮。隻雞斗酒，敢忘喬兮。臨風揮涕，川路遥兮。魂其如在，尚可招兮。

補　遺 從《遼東行部志》録出

瀋州弔古

李唐遭百六，邊事失經營。大氏十傳世，遼人久弄兵。戰場春草瘦，戍壘墓煙平。今日歸皇化，居民自樂生。

宿僧寺

寺中窣堵波，其上有大定二年春顯宗御題，下云“皇子楚王書”，即是當日未正春宫之號。從世宗自遼之燕於此駐蹕時所書也。方將瞻拜其下，懷想天日之表，不意已爲寺僧埽去，令人歎恨不已，因作詩以紀其事云。

解鞅招提日已西，强將懶脚污丹梯。深藏舍利天龍護，高出枝撑野鶴棲。尚憶雲章留素壁，豈期俗物埽黄泥。低徊搔首無人會，風樹蕭蕭鳥自嘅。

秋白梨

醫巫珍果惟秋白，經歲色香殊不衰。霜落盤盂批玉卵，風生齒頰碎冰凘。故侯瓜好真相敵，丞相梅酸謾自欺。向使馬卿知此味，莫年消渴不須醫。

祭醫巫閭廣甯公文

伏以醫巫閭維朔之鎮山，廣甯公有唐之封爵，威行千里，血食一方，職司雖異于冥陽，類應不忒于頃刻。某祗服王命，周按部封，雪孤窮無告之冤，去乾没横行之蠹，仰祈英鑒，洞照微衷，期使事之告成，賴神休之陰相。尚饗。

廣甯廟

千古廣甯廟，雲楣榜舊題。名乘中祀典，秩賜上公圭。百鬼輿臺賤，群山部伍低。地封連薊北，天遣鎮遼西。檜影森旌節，松聲殷鼓鼙。雕梁通蜥蜴，畫棟落虹蜺。像古蟲書蘚，庭卑蚓篆泥。垂楊空裊裊，蔓草自萋萋。香火何嘗到，牲醪不見攜。覡巫俱埽迹，樵牧漫成蹊。物理多傲倖，人情固執迷。城狐鑪鵲尾，社鼠按豚蹏。居士争求福，彭郎爲娶妻。吾生多坎軻，末路易推擠。白玉雖云潔，青蠅奈可棲。人言何恤是，神鑒自昭兮。扼腕聲悲壯，垂頭氣慘悽。虺隤伏櫪馬，進退觸藩羝。苟不登槐府，何如釣柳溪。乞骸謀已決，掣肘事仍睽。仰視威靈在，潛通肸蠁齊。遲遲歸未得，殘日亂鴉啼。

步月中庭

晚來潑火雨猶寒，捲盡纖雲轉玉盤。想見梨花深院落，秋千影裏數歸鞍。

哭王繼昌

天上玉樓應斷手，便騎箕尾去堂堂。夢回失大槐安國，事往墮無何有鄉。命也使然濡末路，天乎或者付名郎。舊游磨滅今餘幾，橫涕無從酹一觴。

吾家碧樹忽先摧，已去[①]誰能賦七哀。石椁正逢王果墮，玉棺獨召子喬來。山巔鶴去那容挽，牀上琴亡更不開。想到靈芝夢游處，更無長樂曉鐘催。

寄淵公

了却三根椽下事，一瓶一缽閱東州。邏齋應厭樹生耳，罷講似嫌石點

① 去，《藕香零拾叢書》本《遼東行部志》作“矣”。

頭。起滅無波真古井，往來觸物信虛舟。門人定喜歸期近，松已回枝水復流。

頌《粉墨圖》二首

畫真猶是妄，何況畫非真。正做夢説夢，知是身非身。

幻出丹青手，今人一念差。如觀弟[①]二月，猶見空中花。

宜民道中

蹤迹年來遍朔南，消磨髀肉困征驂。居民勝日一百五，倦客流年六十三。水性依然人自老，樹圍如此我何堪。瓶無儲粟猶歸去，待有良田已是貪。

留寺壁

斷橋環曲水，蕭寺枕横坡。佛壁書蝸篆，僧窗網雀羅。天高延月久，地潤得春多。粥板催行李，驅馳奈老何。

① 弟，《藕香零拾叢書》本《遼東行部志》作“第”。

建福寺

有浮圖高出於兩峰間，望之巍然玉立可愛。

林野初疑盤野鶴，巖巔俄喜見枝撐。地偏絶勝臨平路，閒與行人管送迎。

題返照庵北軒三首 大定甲午

塞路飛沙没馬黄，解鞍投宿贊公房。主人何事歸來晚，滿院落花春草長。

桃李山僧手自栽，不應容易向人開。緑苔滿院重門鎖，爲問東風底處來。

樹頭樹底花開盡，擺撼春風略不停。耐久何如種松竹，歲寒相對眼終青。

復寓返照庵用前韻 大定丁酉

杏子青青小未黄，緑陰如染可禪房。腹摇鼻息平生足，更覺空門興味長。

僧者道機元自熟，楞嚴塵掩不須開。擁鑪諦聽談無上，天雨花隨塵尾來。

枕簟清和消日永，軒窗明快喜風停。道人不埽階前地，愛惜莓苔一逕青。

三寓返照庵用前韻 明昌庚戌

梁上遺經古硬黄，前身僧永後僧房。葛洪澤畔中秋月，此夕相逢話更長。

穠李夭桃滿院栽，當年留宿正花開。而今樹老僧行上，前度劉郎又獨來。

露電浮生何足恃，風鐙短景若爲停。却尋舊日經營處，撲地楊花葉已青。

題藥師院

富貴刹那頃，興亡瞬息中。當年秦女第，浩劫梵王宫。翠閣鉛華歇，朱門錦繡空。給園與祇樹，千古共高風。

墨竹頌四首

横枝出叢林，獨得迴光照。慎勿作長竿，寒魚不受釣。右弄晴

法雨漬雲梢，點點甘露滴。舌本自清涼，西江不須吸。右洗雨

風過即安閒，風來即招颭。青青自真如，塵色終不染。右披風

尊者老不枯，魁然挺高節。求心已無心，斷臂猶立雪。右古節

自　　責

逆風吹面朝連暮，蓬勃飛塵漲煙霧。前騶杳不辨西東，駐馬臨流不能渡。却尋山崦問津焉，山下野老方耕田。舉鞭絶叫呼不得，俯首傴僂驅烏犍。可憐野老頭如葆，龜手扶犁赤雙脚。爲言生理固須勤，盍避今朝風色惡。已而野老笑迴頭，我自家貧仰有秋。官人富貴年如此，胡不收身覓少休。我初無意聊相謔，不意此翁反見誚。莫嗔瀧吏笑吾儂，自揣吾儂也堪笑。

放　　魚

我哀濡呴輟晨羞，持送東城縱急流。此去更飢須閉口，莫貪香餌弄沈鈎。

自　　傷

舉家千指食嗷嗷，不食誰能等繫匏。掠膹大夫湯沃雪，定交窮鬼漆投膠。春蠶已老不成繭，社燕欲歸猶戀巢。莫待良田徑須去，移文聊解北山嘲。

懷高公無忌

晚景桑榆方見用,秋霜蒲柳已先凋。虞兮命矣甘爲土,鯉也天乎竟不苗。奇禍一門曾未見,旅魂萬里若爲招。傷心此地鸞棲棘,不見摶風上九霄。

問 主 僧

心動萬緣飛絮,心安一念如冰。過去未來見在,待將那箇心澄。

雞 兒 花

花有雞兒號,形殊意却同。封包敷玉卵,含蘂啄秋蟲。影卧夜棲月,頭騈曉舞風。但令無夭折,甘作白頭翁。

題畫四首

渭 州

相如游倦弄琴心,簾下文君便賞音。犢鼻當年卜偕老,不防終有白頭吟。

新　　水

徐郎生别一酸辛，破鏡還將淚粉勻。縱使三年不言笑，衹應學得息夫人。

薄　　媚

深知歲不利西行，鄭六其如誓死生。異類猶能保終始，秦樓風月却無情。

水調歌頭

牆頭容易許平生，繩斷翻悲覆水瓶。子滿芳枝亂紅盡，東君不管儘飄零。

自　　訟

嘗聞勞生佚以老，不謂區區老更忙。自笑頑軀楦青紫，誰求絶足鑒驪黄。苦無長策禅神主，大有閒山著漫郎。夢到故鄉猶可喜，幾時真箇是還鄉。

賦耐凍青

耐凍雖微物，嚴冬不敢侵。蕊嫌宮額淺，色勝羽衣深。戲點人間鐵，閒鋪地上金。臘梅甘丈行，霜菊許朋簪。風雪窺天巧，泥沙惜陸沈。分無春借力，徒有歲寒心。采掇香盈把，歔欷淚滿襟。移栽損生理，汝勿念知音。

詠劉邊畫

枯荷不禁風，水鴨行且飲。折葦半敧雪，鸂鶒相對寢。風雪意未已，寒氣猶凜凜。屋煤昏細字，熟視僅可審。翰林前待詔，年過七十稔。想見宣政閒，紆朱給官廩。權門收短幅，軸玉囊古錦。縱非列神上，猶足入能品。丹青雖由學，精絶固天稟。蛟螭失江湖，魚鮪初不淰。蘭蓀遭踐履，生意羡葵荏。當年方得志，驕侈無乃甚。晚爲口腹累，吮墨博凡飪。畫工屹如堵，見此當斂袵。我欲與題跋，材非曹與沈。興廢姑置之，投牀就高枕。

詠水碓

世人多機心，技巧變淳古。水碓誰始有，石臼而木杵。決流注其尾，尾抑首自舉。其法如權衡，輕重司仰俯。浮沈刻漏箭，動息記里鼓。木牛轉芻粟,摽弓殪貔虎。碾碓出一律,桔槔何足數。我昔居村落,升合給鬵釜。晨吹課婢僕,繭足辭艱苦。是時此未識,自笑愚且魯。細思乃詭道,抱甕應不取。文公圬者傳,信矣無浪語。食焉怠其事,殃禍嘗因覩。耕鋤瀝汗血,猶水旱風雨。况爾飽無功,天意恐不與。

春盡見花三首

柳色含煙凍已迴,杏花迎日暖初開。須知造化無南北,更遠春風也到來。

杏梢如怯曉寒輕,相對無言却有情。憶得上都春睡足,隔牆時聽賣花聲。

朔漠杏花初破蕾,南州梅子已垂枝。寒鄉倍費生成力,但得陽和莫恨遲。

燕

平生便静今衰老,黄雀傍簷嫌啅噪。忽聞燕語絶可憐,亟出披衣任顛倒。呢喃似説經歲别,念我窮愁加慰勞。飛雲軒在容借不,故里故園聊一到。不然爲我達一信,問訊平安却相報。黎明與汝當遠别,汝可低頭聽吾告。稻粱多處足羅網,閉口忍饑無抵冒。芹泥深壘要安穩,艾葉儻來休急躁。明年按部定經此,與汝相期永爲好。臨行叮囑主人翁,千萬莫將天物暴。

馬上漫成四首

手攜籃子滿新蔬，霧鬢風鬟立瞑途。約束前驅休問訊，羅敷嫌笑使君愚。

薺芽蒲筍遶溪生，采掇盈筐趁早烹。想得見郎相嫵媚，飯籮攜去餉春耕。

蹋青挑菜共嬉游，不識風前月下羞。落日緩歌攜手去，新聲争信錦纏頭。

羞將明媚鬬春妍，顧影徘徊祇自憐。消得風流黄太史，國香流俗歎隨緣。

自　　慰

深攙烏帽障黄塵，髀肉消磨浪苦辛。按轡澄清須我輩，據鞍矍鑠奈吾身。祇憑忠信行蠻貊，豈有文章動鬼神。南徹淮陽北遼海，可能無地息勞筋。

龜　研　引

材家瓦研[①]伏靈龜，意謂天産非人爲。足趺首尾如欲動，蓋畫八卦從

① 研，《藕香零拾叢書》本《遼東行部志》作“硯”。

庖犧。刳腸貯水濡毛錐，削背如砥磨玄圭。中邊俯仰皆中規，十手對面寧容逕。得非匠氏中野觀壞碑，揉泥想像得意生新奇。我知此物雖異制，其所由來非近世。陶泓乃祖爾苗裔，中表羅文爾其弟。何不捧玉堂閣老金蓮底，夜草麻辭拜房魏。又不隨春房場屋集計吏，衡石低昂較才藝。胡爲流落沙漠之窮鄉，何異越人章甫逐臭之都梁。苟不覆醬瓿，將支折脚之木牀，惜也不爲世用而令人悲傷。嗟予與汝兮，此生齟齬。雖欲自效兮，不知其所。明日啟行，則吾將以佩刀易汝。徑攜以歸要，注蟲蝦於環堵。硯兮硯兮，行當渡遼鼓枻于洪波。汝勿念枯魚之過河。倏然踴躍兮，如陶壁之飛梭。迴首眷眷兮，蹴踢于蛟鼉。使予瞻望不及兮，涕泗滂沱。嗚呼汝轉棄予兮，予將如何。

弔高麗

句麗方竊據，唐將已專征謂李勣也。國破千年恨，兵窮百戰平。信知宗子固，不及衆心成。試望含元殿，離離禾黍生。

贈王生

憶昔分攜如隔世，相逢驚見兩茫然。松楸河朔三千里，萍梗天東二十年。白髮可憐浮海粟，青囊不博買山錢。明年會約同歸去，里巷追隨作散仙。

賦 桃 花

江陵二月李花飛，安東三月花尚稀。春寒要勒開未得，枝上的皪團珠璣。祕壺滿插猶嫌窄，紅紫紛紛厭俗格。朝夕調護易新泉，約束不容纖手摘。縞裙練帨正可憐，遽爾玉減春風前。已恨色衰甘棄擲，桃花無賴鬬芳妍。李被桃欺休懊惱，豈有先開不先老。桃花得意能幾時，咫尺酴醿開更好。

題 畫

人間龍象風骨奇，癯者精悍老不疲。得非石林洪覺範，參寥佛印相追隨。茶瓜却去香火冷，曦馭不轉松陰遲。口鉗未欲作詩債，坐隱聊爾逃禪癡。黑矜驟勝見顏色，白負少衄方低眉。宣州一著太容易，瓜葛爭道真兒嬉。吾聞懶瓚有道者，寒涕不收從垂頤。又聞作止俱是病，況此念念傾人危。何如四脚棋盤一色子，一局展轉無成虧。

維摩像贊

不悟維摩其病，却將天女相猜。要識本來面目，化身金粟如來。

登玉座餘半席，香積飯惟一杯。可笑曼殊空利，區區却爲食來。

感　懷

前年守淮西，官府頗雄壯。園池通遠近，亭榭分背向。炎方得春早，二月花已放。白紅與青紫，奪目紛萬狀。得非造物者，爲出無盡藏。朱櫻結佳實，炫耀極一望。錢王錦繡樹，金谷紅步障。予時藉清陰，坐待佳月上。老妻勸我飲，穉子儼成行。長腰蘆花白，賓厨薦新釀。肴核既狼藉，鱠炙庖夫餉。烏烏長短句，付與雪兒唱。眼花亂朱碧，世事齊得喪。兒童雖見誚，官守幸不曠。年來客遼海，黄塵没飛鞅。芳時因奔走，安得有佳況。一從出山谷，風色如挾纊。春歸櫻始華，生意未敷暢。冬藏苦冰雪，所幸今無恙。我將話南州，人或疑誕妄。繞枝三歎息，回首一悽愴。退坐想繁華，蕭然覺神王。

題崇壽寺

紫霞山寺久不來，往昔破碎今摧頽。一鉢殘僧飫藜藿，百身古佛眠莓苔。門楣金烏經雨泣，殿脊鐵鳳含風哀。安得使君鞭紫馬，咄嗟檀施隨緣來。

謍道堂絶句

舊僚郭重元趙彬、莘身爲燼，先友王楊骨已枯。莫笑囁嚅翁不達，人閒鬬在不如吾。

附　録

一、《中州集》卷二王寂传

王都運寂：寂，字元老，薊州玉田人，系出三槐。父礎，字鎮之，國初名士，仕至歸德府判官。元老天德三年進士，興陵朝以文章政事顯，終于中都路轉運使。壽六十七，謚文肅。有《拙軒集》《北遷録》傳于世。三子欽哉、直哉、鄰哉，俱爲能吏。元老專于詩，有云："生涯貧到骨，家具少于車。"《元夕感懷》云："殘夢闕河鼇禁月，舊遊燈火馬行春。"《留别郭熙民》云："五年風雪黄州閏，萬裏闕河渭水秋。"《與涿郡蜀先主廟》詩："當年竹馬戲兒曹，笑指樓桑五丈高。""故國神遊得無恨，壞垣風雨夜蕭騷。"人共傳之。行記載其先人《雞山》一詩云："記得垂髫此地遊，雞山孤立水平流。而今重過山前路，山色青青人白頭。"予謂詩固佳，恨其依倣蘇才翁太甚。

二、《四庫全書》集部五别集四《拙轩集》提要

臣等謹案：《拙軒集》，金王寂撰。寂，字元老，薊州玉田人，登天德二年進士，歷官中都路轉運使，謚文肅。《金史》不爲立傳，元好問《中州集》載其詩入《乙集》中，而仕履亦僅見梗概。今以寂詩文所著年月事蹟参互考證，知寂自登第後，于世宗大定二年爲太原祁縣令，十五年嘗奉使往白霫治獄，十七年以父艱歸，明年起復真定少尹、兼河北西路兵馬副都總管，遷通州剌史、兼知軍事，又遷中都副留守，二十六年冬由户部郎出守蔡州，二十九年被命提點遼東路刑獄，章宗明昌初召還，終于轉運使之職。而

《集》中《謝帶笏表》有"世宗饗國，臣叨預諫員"語，則又嘗爲諫官，又有"群言交搆，擠臣不測之淵"語，而《丁未肆眚詩》有"萬里湘纍得自新"句，丁未爲大定二十七年，《世宗本紀》載是年三月辛亥，以皇太孫受册肆赦，並與《集》合，是寂之刺蔡州，當以人言去國，而《集》中情事不具，其顛末莫能詳也。《中州集》稱："寂著有《拙軒集》《北遷録》諸書。"今《北遷録》已失傳，而好問所選寂詩僅七首，及附見《姚孝錫傳》後一首，其他亦久佚不見，惟《永樂大典》内所載寂詩文尚多，雖好問所摘《留别郭熙民詩》諸聯，及蔣一葵《長安客話》所紀《盧植墓詩》逸句，皆未見全篇，亦不能盡免于脱闕，而各體具存，可以得其什七矣。寂詩文清刻鑱露，有戛戛獨造之風，在大定、明昌間卓然不愧爲作者，金代知名之士見于《中州集》者不下百數十家，今惟趙秉文、王若虚二集尚有傳本，餘多湮没無存，獨寂是編幸于沈埋晦蝕之餘復顯于世，而文章體格亦足與滹南、滏水相爲抗行。謹甄第裒綴，釐爲六卷，俾讀者攬其崖略，猶得以考見金源文獻之遺，是亦可爲寶貴矣。

乾隆四十一年二月恭校上。總纂官侍讀學士臣陸錫熊、侍講學士臣紀昀、纂修官庶起士臣汪如藻。

三、樂貴明《四庫輯本别集拾遺》（中華書局 1983 年）補遺王寂詩作三首

《詠五湖》：鴟夷歸去五湖秋，高謝人間萬户侯。耻笑功臣大夫種，不知烏喙可同憂。

《高村馬上口占》：村村桑柘緑成圍，蠶傍三眠麥棹旗。爲問農家真樂否，不妨説與長官知。

《過麻棘鋪不覺欣然似有西歸之興馬上戲成一詩他時當以麻棘部落錯歡喜鋪》：路入遼西馬欲飛，山川村落尚依稀。行人輒莫錯歡喜，此度西來未是歸。